Benjamin Kindervatter

Amuse-Gueule ist kein Dorf in Sachsen

Benjamin Kindervatter

Amuse-Gueule ist kein Dorf in Sachsen

Roman

Langen*Müller*

MIX
Papier aus verantwortungsvollen Quellen
FSC® C014496

Schutzumschlag: Dirk Schmidt, München
Satz: Buch-Werkstatt GmbH, Bad Aibling
Gesetzt aus: 10,6/13,9 pt Garamond BQ
Druck und Binden: GGP Media GmbH, Pößneck
Printed in Germany
ISBN 978-3-7844-3345-5
Auch als ebook

www.langen-mueller-verlag.de

Amuse-Gueule

Bevor Sie sich fragen, ob alles Geschriebene im Buch exakt dem Erlebten entspricht und ob alle Personen tatsächlich genau so existieren, möchte ich Sie warnen: Ich leide seit meiner Kindheit an chronischer Übertreibung und an der Angewohnheit, die Realität an geeigneten Punkten zu verzerren oder zu beschönigen.

Ich möchte an dieser Stelle die Gelegenheit nicht ungenutzt lassen, mit einigen meiner Behauptungen, die sich seit Schultagen wacker in meinem Umfeld gehalten haben, aufzuräumen: Ich bin doch nicht der uneheliche Sohn von Elvis Presley und einer Bäckerei-Fachverkäuferin aus Pirna. Ich war nie Europameister im Kunstradfahren. Und es war auch nicht wirklich meine Idee, die geplanten Sonntagsdemos der ostdeutschen Bürgerbewegung auf einen Montag zu verschieben, damit ich an diesen Abenden nicht zum Gitarrenunterricht musste.

Aber in allen Geschichten über meine Erlebnisse, die ich für Sie aufgeschrieben habe, steckt einiges an Wahrheit, auch wenn es manchmal nur die ist, dass vermeintlich unüberwindbare Unterschiede, Klischees und Vorurteile in Wirklichkeit ein Antrieb sein sollen, den eigenen Horizont zu erweitern und das Leben zu bereichern.

Mein Dank für die Unterstützung geht an:
Traudl, Fritzi, Hannes, Micha, Chio, Robert, Michael und Anna.

Inhalt

Aus der Asche

Ich erwache auf dem blanken Parkett meiner Berliner Altbauwohnung. Ich habe meine Jacke und Hose noch an, es stinkt nach kaltem Zigarettenrauch und süßem Parfüm. Beim Aufstehen fällt mir ein Bündel Dollarnoten aus der Tasche, auf denen anstelle des Gesichts von George Washington ein nackter Frauenhintern prangt. Auf einem der Scheine steht: »Call me! Melinda«, daneben eine unleserliche Telefonnummer, die mit Lippenstift geschrieben zu sein scheint. Ich mache den üblichen Check: Schlüssel, Handy, Portemonnaie, Kreditkarte – alles noch da, nur mein Bargeld ist weg. Ich hieve meinen Körper Richtung Badezimmer, in dem an der kaputten Duschwand ein Fünfzigeuroschein und ein kleiner Zettel kleben. »Sorry, war keine Absicht. Lisa« Wer ist Lisa? Im Regen der Dusche fügen sich Fragmente meiner Erinnerung zu einem Bild zusammen. Meine Freundin ist vor etwa einem Monat ausgezogen und nahm neben einigen essenziellen Möbelstücken auch den Sinn der letzten sieben Jahre sowie große Teile meiner Würde mit.

Vor etwa zwei Wochen habe ich alle restlichen Urlaubstage sowie meine kompletten Ersparnisse genommen und ließ mich in Gesellschaft meines Selbstmitleids volllaufen. Gestern scheint wohl mein Comeback in der Berliner Frauenwelt gewesen zu sein – zumindest physisch. Mein Körper ist bedeckt von dem, was einige Gläubige als Sünde bezeichnen, sowie merkwürdigem Glitzerzeug. Man muss kein

Psychoanalytiker sein, um zu erkennen, dass eine Weiterreise auf der Straße der Selbstzerstörung nicht ans gewünschte Ziel führt. Ich bin Mitte dreißig und nach den letzten zwei Wochen Totalbesäufnis liegt meine Herzinfarktwahrscheinlichkeit irgendwo zwischen Bud Spencer und Reiner Calmund – auch wenn ich noch nicht so aussehe. Obwohl die Trennung von meiner Freundin objektiv betrachtet nicht lange genug zurückliegt, wird es Zeit, nach einem geeigneten Ersatz zu suchen, um meiner bis auf den Rohbau entkernten Existenz wieder etwas Leben einzuhauchen. In Anbetracht der bisherigen Unbedachtheit bei der Wahl meiner Lebensabschnittsgefährtinnen beschließe ich, das Projekt strategisch und rational anzugehen. Schön und intelligent sollte sie sein und einen Staubsauger, einen Esstisch mit fünf bis sechs Stühlen sowie ein Bügeleisen besitzen, da ich diese Dinge durch den Auszug meiner Ex abschreiben musste. Meine Ersparnisse habe ich ohne nennenswerte Rendite in Destillate investiert und die Ehemalige hat, um mir eins auszuwischen, eine Weltwirtschaftskrise herbeigeführt. Somit ist es mir unmöglich, zeitnah für eine entsprechende Korrektur meines Kontostandes zu sorgen.

Ich sitze auf meiner schlaffen Luftmatratze im ansonsten leeren Schlafzimmer und klappe meinen Laptop auf. Mein Freund Micha empfahl mir eine Mitgliedschaft bei FriendScout beziehungsweise, wie er immer sagt, »FleischScout«. Dort hätte man die Frauen bereits nach Wohnort, Größe, Gewicht und Bildungsstand geordnet, was mir, so meinte er, die Kaltakquise um einiges erleichtern würde. Und tatsächlich: Nach wenigen Klicks wählt das Suchformular eine geeignete Kandidatin aus. Zwei Kilometer von meiner Wohnung entfernt soll sie wohnen, 167 cm groß sein und seit sechs Jahren in Berlin leben. Ihr Online-Profil verspricht einiges. »Schnubbinchen28« arbeitet, wie ich, in der Berliner Medienlandschaft, kuschelt gerne und interessiert sich laut Profil für Schuhe und Literatur. Das klingt zwar alles ein wenig nach meiner Ex, aber da die Beziehung immerhin sieben Jahre gehalten hat, kann eine gewisse Übereinstimmung der Rahmenbedingungen keine schlechte Voraussetzung sein.

Nach ein paar unverbindlichen Mails beschließen wir, uns am kommenden Samstag beim Spaghetti Western in der Torstraße zu treffen. Micha meint, dass man die Online-Bekanntschaften schnellstmöglich ins richtige Leben überführen müsse, da Frauen seiner Meinung nach sonst voreilig ihre Vorstellungen von einem Traummann auf die leere Online-Hülle projizieren würden. Das Ergebnis wäre dann entweder eine herbe Enttäuschung ihrerseits oder eine Stalkerin, die man schwer wieder loswerden würde. Micha hat derzeit zwei davon an der Backe. Als ich den Rechner ausschalte, merke ich, dass ich etwas aufgeregt und voller Erwartung auf die kommenden Abenteuer mit Schnubbinchen28 bin, die im richtigen Leben Natalia heißt.

Am darauffolgenden Tag erzähle ich meiner Kollegin Nina in unserer Werbeagentur, dass ich mich am nächsten Wochenende mit einer Frau treffen werde. Sie fragt, ob es dafür nicht zu früh sei und dass ich doch erst mal alleine klarkommen sollte, bis ich meine Trennung zumindest teilweise überwunden hätte. Schön, dass man die besten Tipps für Beziehungen immer von Leuten bekommt, die keine funktionierende haben, denke ich, sage aber: »Vielleicht hast du recht.«

In der Mittagspause treffe ich zufällig meinen Freund Tom, der gegenüber in einem verhippten PR-Unternehmen arbeitet.
»Ey, Digger, ich habe gehört, du hast eine neue Lady am Start«, sagt er grinsend.
Schon bei dem Wort »Digger« kommt mir die Galle hoch. Diese verbale Abfälligkeit, die einige in Berlin-Mitte mit Coolness verwechseln, liegt mir einfach nicht. Da ich mit Tom aber nicht nur privat, sondern auch beruflich zu tun habe, spiele ich mit.
»What the fuck? Wo hast du das denn her?«
»Hat mir der picklige Richard aus deiner Werbeklitsche gesteckt, den habe ich gerade beim Thai getroffen. Da geht was, oder?«
Tom steht vor mir und veranstaltet eine Art Schattenboxen, das er mit Kaugummi-kauendem Grinsen illustriert.
»Nee, nee. Ich treffe mich am Samstag nur mit einem Mädel aus dem Internet, mehr nicht. Du, ich muss«, entgegne ich und deute auf meine Uhr, um ihm klarzumachen, dass ich nur 30 Minuten zum Essen zur Verfügung habe.
»Nicht, dass du mir hier noch Konkurrenz machst, Alter«, wirft er mir beim Weggehen hinterher und verschwindet in der Novalisstraße. Idiot, denke ich, und füge in meinem Handyadressbuch beim pickligen Richard das Wort »Arschloch« hinzu.

Die darauffolgenden Tage vertreibe ich mir damit, dem permanenten Wunsch nach einem Wodka zu widerstehen und mein Schlafzimmer mit dem letzten Rest des Dispos mit einem Bett auszustatten. Micha meint, das würde ich bei Treffen mit Damen von FriendScout direkt am ersten Abend brauchen. Mein letztes ernsthaftes Rendezvous liegt sieben Jahre zurück und ich habe die Hoffnung, mir mit etwas Hausarbeit und Körperpflege die Aufregung nehmen zu können. Als der Samstag immer näher rückt, spüre ich, dass das mit dem Date eine gute Idee war und meine Seele sich auf die harmonische Zweisamkeit freut. Ich schmeiße mich in die schon seit vier Tagen auf dem Hocker bereitliegenden Klamotten und mache mich auf den Weg in das Lokal, in dem wir uns verabredet haben.

An einem der Tische sitzt eine dunkelhaarige Frau, deren Attraktivitätsgrad dermaßen hoch ist, dass man für sie auf einer Zehnerskala zwei Punkte hinzufügen müsste. Obwohl das Profilbild von Natalia halb angeschnitten und etwas überbelichtet war, habe ich sie sofort erkannt. Jetzt nur nichts falsch machen.

Ich gehe lächelnd auf ihren Tisch zu und frage vorsichtig: »Schnubbinchen28? FriendScout?«

Sie schiebt ihre Augenbrauen zusammen, sodass sich zwei senkrechte Falten über ihrer Nase bilden. Plötzlich höre ich aus dem hinteren Teil des Restaurants ein aufgeregtes »Hiiieeer!«. Ich drehe mich um und sehe, wie ein unscheinbares Blümchen mit dunkelbrauner Kurzhaarfrisur in meine Richtung fuchtelt. Ich sage leise »Scheiße« zu Angelina Jolie und gehe rüber zum gestikulierenden Pagenschnitt.

»Hallo, ich bin die Natalia, du musst Kindervatter sein. Ich habe dich direkt erkannt.«

»Na ja«, sage ich, »ich habe ja auch ein Foto von mir selbst ins Profil gestellt.«

»Ja, ich weiß«, entgegnet sie, »das Foto ist schon etwas älter, da hatte ich noch die langen Haare und war so dolle geschminkt. Das war bei einem Shooting, das ich mal im Praktikum gemacht habe.«

Natalia plappert wie ein Wasserfall. Eigentlich sieht sie ganz süß aus unter ihrer bekloppten Frisur und so halte ich meine Spaghetti mit der Gabel manchmal so hoch, dass ich mir, wenn ich durch die Nudeln sehe, ausmalen kann, wie sie mit langen, blonden Haaren aussehen könnte.

Frauen, die man über Kontaktanzeigen kennenlernt, haben die Angewohnheit, beim ersten Date eine Art Fragenkatalog abzuarbeiten. Gehst du oft raus? Treibst du Sport? Liest du gerne? Willst du Kinder? Da auch Natalias Fragen eher nach einer Checkliste als nach ernsthaftem Interesse klingen, beantworte ich jede mit einem strategischen Ja. Meine Fragen sind gänzlich anderer Natur: Hast du einen Esstisch mit fünf bis sechs Stühlen? Besitzt du ein Bügeleisen? So vertreiben wir uns die Zeit und stellen fest, dass wir uns doch sympathisch genug sind, um zu tieferen Themen übergehen zu können.
»Deine Trennung ist ja noch gar nicht so lange her«, stellt sie fest. »Eine Kollegin von mir hat sich auch vor einigen Wochen von ihrem Freund getrennt und jetzt will der unsensible Arsch nach so kurzer Zeit schon eine andere heiraten, weil sie von ihm schwanger sein soll – eine aus dem Internet.«
»Ist ja krass«, gebe ich zurück. »Wie lange waren die beiden denn zusammen?«
»Sieben Jahre.«
»Und woher weißt du das mit dem Internet und der Schwangerschaft?«, frage ich.
»Man kennt sich ja in den ganzen Agenturen hier. Ich habe das gestern von meiner Kollegin Steffi aus dem Sales erfahren, die ist mit Marc von Wolfsmilch-Werbung zusammen, der hat es von Katja aus der Grafik bei Klee & Stocksteiner,

die ist Mitbewohnerin von so einem Tom, der mit einem Kollegen von dem besagten Exfreund ab und zu essen geht. Wie der heißt, weiß ich allerdings nicht.«
»Pickliger Richard«, sage ich, »und der hat's von Nina.«
Ich versichere mich bei Natalia noch einmal, um welche Kollegin und Agentur es sich handelt. Meine gruseligen Vermutungen manifestieren sich zu bitterer Wahrheit. Lächelnd erkläre ich Natalia, dass wohl ich der unsensible Arsch sein soll, doch bevor ich ihr klarmachen kann, dass sie die Schwangere ist, die ich bald heiraten werde, befördert sie den restlichen Rotwein aus der Karaffe auf mein bestes Hemd. Ein lautes »Wichser!« brüllend, knallt sie die Kneipentür hinter sich zu.

Die stille Post der Berliner Medienszene habe ich bei meiner Brautschau nicht berücksichtigt. Ich tupfe mir den Wein mit einem Dutzend Papierservietten vom Hemd, krame mein Handy aus der Tasche und ergänze die Kontakte von Nina und Tom jeweils um das Wort »Arschloch«. Da sich Angelina Jolie bereits verabschiedet hat, ohne mir ihre Telefonnummer zu hinterlassen, werde ich den restlichen Abend wohl traditionell in Gesellschaft einer Flasche Wodka auf meinem neuen Bett verbringen. Vielleicht schraube ich meine Erwartungen auch etwas zurück und beginne vorerst mit der Suche nach einer Mitbewohnerin, um meine Fixkosten zu reduzieren. Denn meine Miete kann ich nicht mit arschbedruckten Dollarnoten bezahlen.

Auf dem Männlichen

Ich sitze mit Krätschell, einem Freund, der sich gerne als Autor bezeichnet, obwohl er lediglich Anleitungen für Gesellschaftsspiele verfasst, vor einem Kaffee im Tassen-Kuchen und klage über meine sinnentleerte Existenz seit dem Auszug meiner Exfreundin aus unserer Bedarfsgemeinschaft. Meine anderen Freunde können den Mist schon nicht mehr hören, aber Herr Krätschell, seines Zeichens Besserwisser und Neunmalkluger, hat selbst nach dem zehnten Jammer-Loop noch ein offenes Ohr und spirituelle Ratschläge parat, die daher rühren, dass er der einzige getaufte Christ in meinem Umfeld ist.

Obwohl ich in der Schule statt Religion Staatsbürgerkunde hatte und man dort versuchte, den Platz in meinem Kopf, der für den Heiligen Geist vorgesehen war, mit einem Typen namens Ernst Thälmann zu besetzen, war mir immer klar, dass es diesen ominösen Gott in jedem Fall geben muss. Meine Oma hatte mir glaubwürdig versichert, dass er ihr am 18. März 1945 in einem Luftschutzkeller der Warschauer Straße in Berlin begegnet sei, und ich habe dies nie angezweifelt. Allerdings kam ich, bis auf diesen einzigen Hinweis, was seine Existenz betrifft, nie wieder mit ihm in Berührung. Im Rahmen meines Leidensweges nach der Trennung bin ich aber mittlerweile offen für alle Therapien und positiven Erlebnisse, die meinem aktuellen Zustand etwas Freude und emotionale Perspektive verschaffen könnten. Krätschell redet schon die ganze Zeit von spiritueller Unterstützung und Bereicherung und davon, dass auch mir so eine transzendente Begegnung guttun würde. Soweit ich informiert bin, gibt es den besagten Luftschutzkeller in der Warschauer nicht mehr, und ich habe keine Ahnung, wo ich den Herrn antreffen soll, um mir eine Portion Lebensvertrauen abzuholen. Krätschell überlegt.

»Warst du schon mal in der Schweiz?«, fragt er mich.

»Nee.«

»Ich hatte nämlich mal eine Begegnung mit Gott auf einem Berg bei Interlaken. Und seitdem haben sich einige Dinge für mich zum Positiven gewendet. Warte, ich schreibe dir das mal auf. Machst schön ein verlängertes Wochenende in den Alpen, gehst spazieren und kommst mal raus.«

»Zum Positiven gewendet … du meinst, dass du jetzt Spielanleitungen schreiben darfst, oder was? Wie hoch ist denn der Berg, wenn man dort Gott begegnen kann?«, frage ich.

»Sehr witzig. Das hatte damals familiäre Hintergründe. Ich weiß nicht, wie hoch ein Berg für Gott sein muss«, der fromme Krätschell schreibt irgendetwas auf einen Bierdeckel, »aber man muss nicht immer Rekorde brechen, um an sein Ziel zu gelangen.«

Krätschell, den man auch ohne Weiteres mit einem Abreißkalender mit Sinnsprüchen verwechseln könnte, reicht mir den Deckel rüber und zahlt seine Zeche.

»Ich habe aber keine Kohle, um in die Schweiz zu fliegen, und Urlaub kriege ich auch nicht mehr.«

»Du fährst mit der Mitfahrzentrale, übernachtest in der Jugendherberge und machst halt zwei Tage krank. Du, ich muss los.«

Damit verabschiedet er sich und lässt mich mit seinem Gekritzel alleine sitzen.

»Via Interlaken nach Wengen auf einen Berg namens Männlichen, dann Richtung Südosten blicken«, steht auf dem Deckel. So ein Schwachsinn.

Zwei Tage später stehe ich mit einem albernen North-Face-Rucksack, den mir Krätschell geliehen hat, in Interlaken auf dem Bahnhof und fahre mit dem Zeigefinger auf der Infokarte die Route zu seinem bekloppten Berg ab. Nach Wilderswil über Gündlischwand und Lauterbrunnen bis Wengen und dann hoch auf 2343 Meter. In der Stadt flanieren alte, reiche Menschen mit Pelzbesatz und Burberry-Schals. Sie sitzen in den Cafés am Straßenrand, essen Kuchen und trinken Kaffee. Ich fühle mich etwas underdressed, was merkwürdig ist, werde ich doch zu Hause in Friedrichshain meist als zu snobistisch eingestuft.

Das Wetter ist schön und ich steige in einen historischen Zug, der mich bis nach Wengen bringen soll. Ich sitze im wahr gewordenen Klischee der Schweiz. In der Bahn befinden sich eine Handvoll Inder und Japaner, die sich permanent aus dem Fenster lehnen, um Fotos zu schießen, selbst wenn wir gerade im Schneckentempo durch einen Tunnel fahren. Ich bin der Einzige, der nicht am Fenster steht und fotografiert. Ich habe Größeres vor. Ich bin auf dem Weg zu einer Verabredung göttlichen Ausmaßes. Die Bilder der Steine und Wasserfälle kann ich mir später von einem der Japaner bei Flickr runterladen. Sie haben sowieso bessere Kameras und seit der globalen Vernetzung ist mir der Sinn eines eigenen, teuren Apparats abhandengekommen, zumal mir die Begleitung fehlt, die es sich zu fotografieren lohnen würde.
Das Gefährt kämpft sich Meter für Meter entlang der felsigen Abgründe den Berg hinauf. Krätschell hatte recht, ein

Gefühl der Entspannung macht sich in mir breit und ich bekomme Kurzurlaubsgefühle.
Am anderen Ende des kleinen Wagens fällt mir eine junge Frau auf, die, wie ich, noch kein einziges Foto gemacht hat und stattdessen in eine Biografie von John F. Kennedy vertieft ist. Wahrscheinlich eine Ureinwohnerin. Ob man hier auch so starke Ressentiments gegen Touristen hat wie in meiner Heimatstadt, denke ich. Im Gegensatz zu Berlin, wo der Sozialstaat der größte Arbeitgeber ist, scheint in dieser Gegend der Tourismus die Haupteinnahmequelle zu sein, da wird man sich Demonstrationen gegen Besucher tunlichst sparen.

Als der Zug in Wengen ankommt, beginnt es leicht zu regnen, was die Gruppe, die bereit zur Weiterreise auf den vor uns liegenden Gipfel ist, auf einige wenige Abenteurer reduziert. Der Aufstieg vom Dorfkern zum Plateau unter dem Gipfel über die scharfen Felsen der Berner Alpen ist anspruchsvoll und kostet mich alle Kraftreserven, die ich in den letzten drei Jahrzehnten angelegt habe – vermute ich und nehme die Seilbahn. Das Tal unter mir wird kleiner und kleiner und ich blicke zurück wie auf ein altes Leben, das ich hinter mir lasse, über mir die Wolkendecke, in die sich die Kabine der Seilbahn ihren Weg schneidet. An der Bergstation auf 2230 Metern überprüfe ich meinen Organismus auf seine Funktionstüchtigkeit. Wer weiß, ob einer, der es zu Ostzeiten gerade mal auf den Fichtelberg geschafft hat – und auch nur, weil seine Eltern ihn mit Gewalt zum Skifahren zwingen wollten –, in dieser sauerstoffarmen Umgebung überhaupt lebensfähig ist? Denn so weit vom Mittelpunkt der Erde war ich noch nie entfernt. Die geografische Spitze der sowjetbesetzten Zone brachte

es gerade mal auf 1214 Meter – falls diese Zahl überhaupt stimmt. Schließlich waren im Osten Übertreibungen und Euphemismen anerkannte Stilmittel zur Beschreibung sogenannter Fakten.
Aber das Atmen ist möglich. Es scheint, als hätte jemand die Berge mit einem Nebel zugedeckt, so wie man früher Tücher über die Möbel eines unbewohnten Herrenhauses legte. Ich folge dem Schild zum Gipfel des Männlichen. Bereits nach kurzer Zeit bin ich fix und alle. Auf dem Schild stand, dass man nur 30 Minuten für die Strecke bräuchte. Leider hat man vergessen, dort zu notieren, dass ich 100 Höhenmeter über einen vereisten Pfad überwinden muss und dass Chucks kein geeignetes Schuhwerk für diese Mission sind. Meine Füße schmerzen, der Nieselregen frisst sich durch die Jacke und meine Lunge gibt mir eindeutige Zeichen, doch endlich mit dem Rauchen aufzuhören. Ich beginne, alle zehn Schritte einen Fluch zu formulieren, in dem Krätschell die Hauptrolle spielt. So muss sich Reinhold Messner gefühlt haben. Ich überlege, auf welchen meiner Zehen ich, bedingt durch Erfrierungen, wohl am ehesten bereit wäre zu verzichten. Der Aufstieg fühlt sich für meinen untrainierten, urbanen Körper an, als würde ich eine senkrechte Wand emporsteigen.
Doch genau in dem Moment der körperlichen Belastung und des Sauerstoffmangels, in dem Messner dem Yeti begegnet sein muss, sehe ich vor mir den kleinen Pfad aus scharfen Felskanten und Eis, der direkt zum Gipfel führen soll. Den sicheren Tod vor Augen ziehe ich mich über die nassen Steine. Wenn es hier zu Ende sein soll, dann war es wenigstens ein spektakulärer Abgang. Etwa 5000 Jahre später wird man meinen konservierten Leib im Eis finden und rätseln, was Ötzi 2.0 mit Low Pants, Zoo-York-T-Shirt und

einem einzigen Snickers als Verpflegung auf einem Gipfel der Berner Alpen zu suchen hatte. Mit letzter Kraft kratzte er »Fuck Krätschell« mit der Kante seines iPhones in den Felsen, um im folgenden Moment für die nächsten Jahrtausende in einen eisigen Winterschlaf zu fallen.

Aber nichts dergleichen geschieht. Ich bin oben angekommen. Jede Kapillare meiner Lunge keucht aus voller Kraft. Ich stehe auf dem etwa fünf Quadratmeter großen Gipfelplateau und blicke auf eine in den Fels gehauene Panoramatafel. Das Foto zeigt die Aussicht auf die Viertausender Mönch und Jungfrau sowie auf die berühmte Eiger-Nordwand, umgeben von grünen Hängen und strahlend blauem Himmel. Doch vor mir ist nur weißer Dunst. Die Nebelwand ist dermaßen dicht, dass ich Schwierigkeiten habe, meine völlig durchnässten Chucks zu sehen. Ich drehe mich im Kreis, aber in jeder Himmelsrichtung nichts als weißes Nichts, kein Eiger, kein Mönch, keine Jungfrau und erst recht kein Gott. Mit meinem Handy mache ich ein Foto davon und beginne zu lachen. Ich bin fast 1000 Kilometer gereist, habe 2000 Höhenmeter überwunden, auf der Suche nach … keine Ahnung was – und stehe nun völlig nass bis auf die Haut und einer Erfrierung nahe mitten in einer Schweizer Wolke. Welch tragische Symbolik meines Lebens. Ich wünschte, ich könnte die Ironie dieses Moments mit jemandem teilen. Aber da ist niemand. Und ich fühle mich plötzlich unheimlich einsam, viel einsamer, als ich es in meiner leeren Altbauwohnung mitten in der Anonymität Berlins je zu sein vermochte. Und just in dem Moment, als dieses Gefühl in eine akute Depression ausarten und mein Lachen einem kindlichen Geflenne weichen will, höre ich Schritte aus der weißen Suppe auf mich zukommen.

»Nicht erschrecken«, sage ich laut, »hier ist jemand.«
»Oh«, erschrickt sich jemand im Nichts.
Für Gott scheint mir die Stimme zu hoch zu sein und ich warne die Person vor den widrigen Bedingungen auf der Bergspitze: »Vorsicht, man kann nicht viel sehen und rutschig ist es auch.«
Ein dunkler Fleck im Nebel wird langsam, aber sicher schärfer. Es ist die Frau mit dem Kennedy-Buch aus der Bahn.
»'allo«, sagt sie mit französischem Akzent und lächelt mich an. »So etwas Blödes, man kann über'aupt nischts sehen. Sie waren vor'in in dem Zug, rischtisch?«
»Ja, richtig. Ich heiße Kindervatter«, antworte ich der mutigen Einheimischen, die gar keine zu sein scheint. An ihrer Stelle hätte ich schon zweimal die Hosen voll, wenn ich auf einem menschenleeren Berg in den Alpen einem dreitagebärtigen Mann in sommerlicher Kleidung begegnen würde.
»Kinder ... was?«
»Kindervatter, also Benjamin, ich weiß, ist ein komischer Name. Keine Ahnung, was meine Eltern sich dabei gedacht haben«, plappere ich.
»Isch bin Marianne Rameaux aus Paris, freut misch.«
Sie gibt mir die Hand. Jetzt, wo sie ihr Gesicht nicht mehr hinter einem Buch versteckt, erkenne ich erst, wie attraktiv sie ist. Ein Reiz, der mich normalerweise in Sekunden zu einem Gesprächslegastheniker werden lässt. Ich reiße mich zusammen. Sie schaut auf die Panoramatafel, dann Richtung weißes Nichts und beginnt zu lachen.
»Jetzt war isch zwei Tage unterwegs für diese Berge und dann kann man nischts sehen. Na, dann warte isch eben.«
Sie setzt sich auf eine Felsstufe, öffnet ihren Rucksack und bietet mir Baguette und ein Stück Käse an. Ich setze mich dazu und nehme das Angebot leichtfertig an. Der Käse ist

verdorben und stinkt wie eine Tüte voller getragener Sportsocken – was die Französin nicht zu stören scheint, als sie sich ein großes, gammeliges Stück in den Mund schiebt.
»Das ist ein Mimolette, den 'abe isch aus Paris mitgebracht«, klärt sie mich auf, »ungewohnt für deutsche Gaumen, oder? Wo kommen Sie eigentlisch 'er?«
»Aus Berlin. Aber bitte nicht siezen, das macht man nicht unter Bergsteigern«, behaupte ich.
»C'est cool! Berlin!«, ruft sie plötzlich total aufgedreht. »Isch studiere in Berlin. Also noch nischt jetzt, aber in einem Monat beginne isch an der 'umboldt-Universität mit meiner Doktorarbeit.«
Marianne erzählt von ihrem Politik-Studium, von Paris und von ihrer Familie, ihren Vorstellungen von Berlin, den im Vergleich zu Frankreich »wahnsinnig günstigen« Lebenshaltungskosten und den Bildern, die sie sich von ihrer Zeit in meiner Stadt ausgemalt hat. Von mir erzähle ich lieber nicht so viel. Mein Leben scheint mir nicht förderlich für die Stimmung beim Gipfeltreffen. Stattdessen gebe ich ihr Tipps für die Szene der Stadt, erzähle von Kneipen und Bars, der WG-Kultur und dem Sommer. Von dem Sommer in Berlin, der die Häuserschluchten lebenswert macht und Geschichten schreibt, die nirgendwo aufregender sein könnten.

Von einem Moment auf den anderen verzieht sich der Nebel und ein paar der kräftigsten Sonnenstrahlen schaffen es bis auf unseren Berg.
»Siehst du, isch 'abe gewusst, dass das Wetter besser wird. Man muss nur geduldisch sein. Alles wird besser mit Geduld«, sagt Marianne und springt auf.
Wir stehen vor der Infotafel und sehen schweigend zu, wie

der Himmel über den Gipfeln aufreißt und die Berge freigibt. Dunkelgraue, mächtige Felsen mit Schneefeldern, an denen sich die letzten Reste der Wolken festzuhalten versuchen. Darüber bricht die harte Sonne aus strahlend blauen Kratern im Himmel hervor. Gegen den Anblick können der Mont Klamott im Volkspark Friedrichshain und selbst der olle Fichtelberg ganz beschämt einpacken. Marianne dreht sich zu mir.

»Sag mal, du 'ast vor'in von WGs gesprochen. Meinst du, du könntest mir eine E-Mail schreiben, wenn du etwas von einem freien Zimmer 'örst?«

»Natürlich. Kann ich machen«, antworte ich.

Und ich habe sogar schon eine konkrete Idee im Kopf. Es ist selbstverständlich, dass ich bei einer aus Paris einen Hunni auf die Miete draufschlagen werde, so viel Verstand ist mir trotz der ganzen Zuckerwatte im Kopf noch geblieben. Sie wird es wahrscheinlich immer noch wahnsinnig günstig finden.

Kohlonialzeit

Seit ein paar Tagen ist das dunkle Erdloch, in dem mich meine Exfreundin zurückgelassen hat, zu einem strahlenden Palast geworden. Oberflächlich betrachtet mag es wohl an der Tatsache liegen, dass meine neue Mitbewohnerin Marianne aus Paris als erste Amtshandlung die Vorhänge aufgezogen hat. Viel wahrscheinlicher ist aber, dass sie selbst die neue Lichtquelle meiner grauen Existenz ist. Ihre zaghafte Zurückhaltung und Höflichkeit in allem, was sie tut, wirken auf mich so anziehend, wie es bisher nur die Kneipe an der Ecke vermochte, die in den letzten Wochen meine Niedergeschlagenheit aufsog und hinunterspülte. Die Eleganz, mit der Marianne einen Joghurt isst oder den Müllbeutel zuknotet, übt einen Reiz auf mich aus, den man wohl mit emotionaler Anziehung bezeichnen kann. Ich glaube, ich bin verliebt – tendenziell unglücklich, denn meine Chancen stehen schlecht.

Meine Exfreundin hinterließ mir nicht nur die Scherben der investierten Jahre, mir blieben auch einige zusätzliche Pfunde, die sie, wohlweislich als gemütliches Naschen auf der Couch getarnt, in mich hineinstopfte. Sie wollte mich für künftige Frauen in meinem Leben unbrauchbar machen und damit ihr Post-Beziehungs-Ego im Falle einer Trennung schützen. Ein paar unscheinbare Kilo mehr hätten sich wahrscheinlich kaum bemerkbar gemacht, wäre da nicht schon das schwabbelige Erbe der postkommunistischen Ära meines Lebens gewesen. Der Westen hat mich fett gemacht.

Während meiner Jugend in der DDR war mein Körpergewicht hingegen von bemerkenswerter Konstanz. Zum einen, weil ich aufgrund der mangelnden öffentlichen Verkehrsmittel in meiner Gegend auf das Stahlrahmen-Herrenrad meines Großvaters zurückgreifen musste, das bereits beim Hochtragen aus dem Keller für nasse Flecken unter den Achseln sorgte. Und zum anderen, weil es hinsichtlich des Nahrungsangebots jenseits des Eisernen Vorhangs so gut wie keine Möglichkeit gab, übermäßig Gewicht zuzulegen. Unsere Ernährung war bescheiden und angebotsbedingt gesund. Wir kannten weder Fitnessstudios noch Trennkost, geschweige denn Kalorien. Wir ernährten uns so, wie man es sich heute in großen Teilen der verhippten Großstädte nur erträumen kann: regional, saisonal, farbstofffrei und nach sozialistischem Standard sogar ohne ethische Bedenken. Der ostdeutsche Speiseplan bestand zu einem Viertel aus sehnigem Schweine- oder Rindfleisch, zu einem Viertel aus Kartoffeln der Sorte »Erich« oder »Margot« sowie zu etwa zehn Vierteln aus heimischen Kohlsorten – den sogenannten Kohlorien. Weißkohl, Blumenkohl, Wirsingkohl, Rosenkohl, Rotkohl, Unmengen von Sauerkraut und diverse Rüben regten die ostdeutsche Verdauung an und waren gesund.

Das gigantische Potenzial an Biogasressourcen, welches die Umwandlung der Kreuzblütengewächse mit sich brachte, blieb in der DDR leider ungenutzt. 16 Millionen gasende Bürger hätten Unabhängigkeit von der Gunst der bevormundenden Bruderstaaten bedeutet. Ein fatales Versäumnis, das im späteren Verlauf der Geschichte dem Land die Daseinsberechtigung rauben sollte und schlussendlich die Mauer zu Fall brachte. Selbst die Wende war von einem Kohl bestimmt, der allein schon durch seinen Nachnamen großes Vertrauen in der Ostbevölkerung weckte. Wir merkten nicht einmal, dass wir nicht wiedervereint, sondern lediglich einverleibt wurden. Neben der politischen Wende vollzog sich auch eine Wende in der Ernährung. Wir fraßen den Westen aus den Regalen, stopften uns wahr gewordene Schokoladenträume in den Rachen, tranken Pepsi und Fanta, aßen Burger, Pizza und Döner, bis wir so dick und fett waren wie die bis dahin so beneidete Verwandtschaft von drüben. Zwischen 1989 und 1999 senkte sich das Köpenicker Stadtgebiet aufgrund der stetig korpulenter werdenden Bürger um ganze fünf Zentimeter.

Kohl verschwand aus den Töpfen. Auch mein Stoffwechsel zeigte die Nebenwirkungen der westlichen Nahrung und begann, Reserven anzulegen. M wurde zu L und L zu XL – eine Katastrophe! Um dem Problem ohne Sport entgegenzuwirken, umgab ich mich eine Zeit lang mit Menschen, die weitaus mehr Speck auf den Rippen hatten als ich. Eine Vorgehensweise, die ich bereits in der Vergangenheit beim Wunsch nach mehr Schönheit, Humor oder Intelligenz wählte. Ein durchaus brauchbarer Lösungsansatz, der allerdings nicht für eine dauerhafte Befriedigung sorgte, hatte doch keiner meiner dicken Freunde die Zeit, sich jeden Morgen vor dem Badezimmerspiegel neben mich zu stellen. Als ich einmal mit einer Gruppe noch Dickerer ins Berghain wollte und alle außer mir vom Türsteher aussortiert wurden, gewöhnte ich mir diese Methode ernüchtert ganz schnell wieder ab. Zu den ganz normalen Ernährungsproblemen kam dann auch noch meine mich permanent mästende Freundin.

In meiner momentanen körperlichen Verfassung stehen die Chancen bei Marianne schlecht. Nicht nur, weil sie zu den Menschen gehört, für die Modedesigner ihre Kleidung konzipieren, während ich auf die Ausstatter des Pöbels angewiesen bin; zu allem Überfluss ist sie auch noch jünger, klüger und schöner als ich. Jünger werden kann ich nicht, der Rest klingt machbar. Marianne ist für eine Woche nach Paris geflogen, um an der Sorbonne zu arbeiten. Wenn sie wiederkommt, wird sie ihren Augen nicht trauen. Was im Osten funktioniert hat, klappt sicher auch heutzutage, denke ich, und kaufe im Supermarkt ein Dutzend Kohlköpfe. Den ersten verspeise ich direkt roh wie einen übergroßen Apfel. Keine so gute Idee, ich bin gezwungen, mich im Büro krankzumelden. Wenn man krank ist, muss man Suppe essen, am besten eine Kohlsuppe, die ich mir unter Magenkrämpfen zubereite. Am nächsten Tag gehe ich ins Kosmetikstudio, um an allen Fronten zu kämpfen.

Im ersten Moment habe ich etwas Bedenken, meine Augenbrauen von einer Person korrigieren zu lassen, die selbst keine Haare über den Augen mehr aufzuweisen hat. Anstelle der Augenbrauen hat sie sich mit dem Lineal die Katheten des Pythagoras tätowieren lassen. Im zweiten Moment habe ich Bedenken, ob diese Person, die sich selbst als Fingernägel zehn bemalte Plastiklöffel an die Fingerspitzen geklebt hat, meine Männernägel wieder auf Vordermann bringen kann. Im dritten Moment schlucke ich meine Bedenken hinunter und entledige mich so einiger Vorurteile, denn nach einem Nachmittag mit Maniküre, Aromamaske und Wimpernfärberei sehe ich blendend aus. Gut, ich habe die Aromamaske nicht auf Anhieb vertragen, aber die Beautyfrau meint, die Rötungen wären spätestens am nächsten Tag weg. Entgegen meinen Erwartungen konnte ich mich in dem Laden sogar etwas verjüngen lassen. Ich vertraute der Expertin, die mir zu partiellen Enthaarungen riet, die angeblich dem neuesten Trend entsprechen, und habe es nicht bereut. Mit völlig von Haaren befreiten Arschbacken fühle ich mich total modern, wenn nicht sogar etwas »swag«. Danach gehe ich zu zwei Friseuren. Beim ersten bestelle ich einen coolen Berliner Schnitt, der zweite Friseur versucht, den asymmetrischen Undercut irgendwie zu korrigieren und die schwarze Farbe zu entfernen. Zu Hause angekommen, esse ich Kohlsuppe und verbringe den Abend auf der Toilette. Es läuft. Meine Tage sind geprägt von ganzheitlicher Entschlackung und spontaner Biogasproduktion. Ich wundere mich, dass Gazprom noch nicht angerufen hat, um mich anzuzapfen.

Es ist Sonntag. Die bisher verhasste Personenwaage zeigt einen Verlust von drei Kilo Kindervatter an. Selbst meine Verdauung hat sich während dieser Woche an die permanente Kohlbelastung angepasst. Ich habe die kaum möblierte Wohnung in einen Zustand steriler Sauberkeit gebracht, ordentliche Klamotten angezogen und eine CD von Carla Bruni aufgelegt. Der Schlüssel dreht sich im Schloss. Marianne kommt nach Hause.
»Salut! Kannst du mir bitte den Koffer abnehmen?«
»Hallo. Natürlich. Alles rund? Gut geflogen?«, stottere ich. Alles rund? Gut geflogen? Die letzte Woche hat doch recht viel Anspannung aufgebaut, die sich in spontaner Schwachsinnigkeit entlädt.

»Die Wohnung ist ja aufgeräumt. Sag mal, 'ast du was mit deinen 'aaren gemacht?«
»Ja, musste auch mal sein. Mal was Neues. Ist etwas verrückt geworden, so mit der kurzen Seite hier, oder?«
»Sieht interessant aus.«
Und du siehst aus wie Gisele Bündchens schönere Schwester, denke ich, zu sagen vermag ich allerdings nur ein völlig bekloptes Danke auf den subtilen Spott über meinen halbseitigen Irokesenschnitt. Aus Mariannes Mund klingt eben selbst dieser wie ein Kompliment. Ich nehme all meinen Mut zusammen und frage, ob sie Lust hätte, später mit mir zu essen.
»Gerne.«
»So um acht? In der Küche?«
»Ok. Isch freue misch.«

Ich mache eine französische Blätterteig-Quiche mit Ziegenkäse und eine Andouillette mit etwas Ratatouille, alles laut Verkäufer in der Gourmet-Abteilung des Galeria hochgradig französisch. Da mein Tisch im Rahmen der Zugewinnteilung an meine Exfreundin ging, wird kurzerhand eine Zimmertür umfunktioniert. Zwei Malerböcke als Tischbeine, Tischtuch und Kerzen drauf und fertig ist die Trash-Romantik. Ich hoffe, die Türklinke, die wie eine Erektion unter der Tischdecke hervorsticht, wird nicht als Symbol für meine Absichten interpretiert, denn hier geht es um mehr. Marianne Bündchen schwenkt den Weißwein in ihrem Glas in gefühlter Zeitlupe, setzt die Lippen an den Rand und schließt die Augen, während sie den ersten Schluck nimmt. Als sie die Augen wieder öffnet, sieht sie direkt in meine. Mir fällt ein Stück Blätterteig von der Gabel. Ich bin offensichtlich nervös.

»Schmeckt es dir nicht?«, frage ich, weil Marianne von ihrer Quiche nur einmal abgebissen hat.
»Doch, doch, aber isch möschte Platz lassen für das 'auptgerischt. Was ist in dem anderen Topf?«
»Andouillette mit Ratatouille.«
»Oh«, sagt Marianne zurückhaltend und beißt noch einmal von ihrer Quiche ab.
»Mist. Tut mir leid. Du magst keine Andouillette.«
»Doch, aber isch 'abe gestern schon Innereien gegessen.«
»Innereien!? Wieso Innereien? Ich dachte, das wäre eine Art französische Bratwurst.«
»In der Andouillette sind große Stücke von Innereien.«
Oh Gott. Das erklärt den Geruch, den ich bisher auf mir unbekannte französische Kräuter schob. Marianne kaut höflich auf dem Blätterteig herum.
»Bist du mir böse?«, fragt sie süß.
»Nein, überhaupt nicht. Ich habe auch keinen Appetit auf Innereien«, antworte ich grinsend.
Im Gegensatz zu Mariannes nur temporärer Abneigung gegen Pansen, Hirn und Co. ist meine allerdings für die gesamte restliche Lebenszeit eingeplant.
»Ich habe noch ein paar Kohlrouladen mit Kohlfüllung von gestern übrig.«
»Was ist das? Ist das was typisch Deutsches?«
»Ich glaube, deutscher geht es nur noch, wenn wir dazu eine CD von Rammstein auflegen würden. Möchtest du mal probieren?«
Ich hole die Rouladen aus dem Kühlschrank, schneide ein kleines Stückchen ab und stelle es auf einer Untertasse für einen Moment in die Mikrowelle.
»Oh, ein Amuse-Gueule«, sagt sie, als ich ihr den Kohlschnipsel gebe.

»Ein was?«, frage ich.
»Ein kleiner Gruß aus der Küsche, ein Stück zum Probieren. Den Begriff gibt es aber auch im Deutschen, soweit isch weiß.«
»Ja, ich habe das schon mal gehört, allerdings dachte ich immer, das wäre irgendein Dorf in Sachsen.«
Sie lächelt mich an.
»Das schmeckt viel besser als Andouillette. Du kannst gut kochen«, lobt sie.
Mit leicht gerötetem Gesicht serviere ich die Kohlrouladen mit ein paar Krümeln Petersilie. Marianne schlingt, als hätte sie tagelang nichts gegessen.
»Normalerweise haben sie eine Fleischfüllung, aber ich muss etwas abnehmen«, entschuldige ich das abgewandelte Rezept.
»Wieso willst du abnehmen? Ein Mann sollte auch wie ein Mann gebaut sein. Das mag isch an den deutschen Männern. Die Jungs in Paris sind alle so dünn und feminin.«
Flirtet sie mit mir? Ich glaube, sie flirtet mit mir! Oder nicht? Ich merke, wie sich mein Verstand und meine Zurechnungsfähigkeit verabschieden, und hoffe, nach außen das Bild eines normalen Menschen abzugeben. Ich versuche, jedes Detail ihres Gesichts aufzusaugen, ohne sie anzustarren, und werde prompt von ihren Augen erwischt. Super.
»Das ist total lecker«, sagt Marianne, als sie das letzte geschmorte Stück Kohl zwischen ihre Lippen gleiten lässt.
Sie steht auf und will den Tisch abräumen.
»Lass bitte stehen, ich mache das schon«, halte ich sie zurück, während ich aufspringe und mir meinen Teller schnappe.
»Aber du 'ast gekocht«, sie drängelt sich mit ihrem Teller

zur Spülmaschine. Unsere Arme berühren sich und wir sehen uns an. Mein Herz schlägt sonst nur so schnell, wenn ich gerade die Treppen zu unserer Wohnung hochgelaufen bin. Sie bemerkt es bestimmt. Sie muss es bemerken, denn meine Halsschlagader pumpt wie ein Presslufthammer. Ich hätte mir einen dieser Indoor-Schals besorgen sollen. Plötzlich küssen wir uns vor der aufgeklappten Spülmaschine. Nicht leidenschaftlich und nicht zart, nicht lange, aber auch nicht kurz. Eben genau so, dass man weiß, was es bedeuten soll.

»Danke für die leckeren Kohlrouladen, kochst du mir irgendwann wieder welsche?«, flüstert Marianne, während ihr Gesicht nur wenige Zentimeter von meinem entfernt ist.

»Wie wär's morgen?«, flüstere ich zurück.

»Morgen erst?«, fragt sie. »Dann aber direkt zum Frühstück, bitte«.

Sie gibt mir einen sanften Kuss auf die Lippen. Während ich meine Aufregung hinunterschlucke, stellt Marianne ihren Teller in die Maschine und geht, eine gute Nacht wünschend, geheimnisvoll lächelnd wie eine Sphinx aus der Küche.

Was war das denn? Mein Körper schüttet einen Cocktail aus Adrenalin und Endorphinen aus. Natürlich würde ich am liebsten sofort in ihr Zimmer gehen, um ihr vorzuschlagen, eines unserer Betten zu verkaufen, um einen Esstisch anzuschaffen, aber ich weiß, dass das mit einer Parisienne nach so einem Abend nicht möglich ist. Ich will nichts tun, was ich später bereue. Schließlich hat Marianne zwei Rouladen aus Kohl verdrückt, obwohl ihre französische Verdauung nicht darauf vorbereitet ist.

Der Cyborg

Es fühlt sich an, als hätte ich lauter Schmetterlinge im Bauch. Eventuell waren einige der ekelhaften, französischen Käsesorten, die ich in den letzten Tagen – quasi als Eignungsprüfung – probieren musste, von Tierchen befallen, die sich in meinem Inneren metamorphosiert haben. Vielleicht ist es aber auch so, dass die kleine Schwärmerei für meine süße Mitbewohnerin handfesten Gefühlen gewichen ist, die mich nun zwingen, von morgens bis abends ein Dauergrinsen im Gesicht zu tragen. Ebenso wenig kann Marianne den Umstand leugnen, von mir angezogen zu sein, zumindest hat sie den Wunsch, jede freie Minute in meiner Gegenwart zu verbringen. Der Grund dafür erschließt sich mir noch nicht so recht, da wir in puncto Attraktivität augenscheinlich nicht in derselben Liga spielen.

Ich drehe mich vor dem Spiegel hin und her und ärgere mich über die mandelförmigen Öffnungen zwischen den Knöpfen meines Hemdes. Ich muss dringend weiter abnehmen. Marianne wiegt ganze 53 Kilo bei 1,70 Meter. Ich lege meine 85 Kilo bei 1,75 Meter in die andere Schale der Waage und mir ist klar, dass keine junge Liebe der Differenz, die in etwa dem Gewicht meiner kompletten Cousine Thea entspricht, standhält. Meine Kohldiät verläuft schleppend und die nahezu täglichen Partien mit der süßen Frau erzwingen diesbezügliche Unterbrechungen, da die vereinzelten Nebenwirkungen der Kohlgerichte sich negativ auf die situationsbedingte Romantik auswirken könnten.

An einem Schaufenster in der Friedrichstraße erwischt mich das amerikanische Marketing von Nike und Apple. Dieses erzählt mir von einem Chip, der – eingebaut in den Schuh – misst, bewertet und archiviert, wie, wann und wie weit ich gelaufen bin und wie viele der widerspenstigen Kalorien ich verbrannt habe. Das Gerät wird dann einfach per Bluetooth mit dem iPod verbunden und schon bin ich der joggende Cyborg von Friedrichshain, der Ivan Drago Ostberlins. Soll Rocky doch mit Schweinehälften und Baumstämmen trainieren, ich brauche Hightech, die mir innerlich hilft, über meinen Lowtech-Körper hinwegzutäuschen. Ich zahle etwa 220 Euro für eine textile Komplettausstattung in Dunkelblau. Zusätzlich bewaffnet mit dem Chip sowie einem Paar knallbunter Laufschuhe, die es für schlappe 150 Euro dazu gab, fahre ich zufrieden nach Hause. Für heute habe ich mich genug mit Sport auseinandergesetzt, morgen geht es los.

In voller Jogging-Montur stehe ich vor meinem Hauseingang in der Rigaer Straße. Die Punks von gegenüber starren mich an, als wäre Rudi Dutschke persönlich aus der Tür gekommen. In der Gegend trägt niemand Sportkleidung, geschweige denn, dass hier je jemand vorgehabt hätte zu joggen.
Ich drücke auf dem iPod herum, bis ich darauf hingewiesen werde, dass ich, bevor ich mich ausgiebig sportlich betätigen kann, mein Körpergewicht eingeben sowie den Chip in meinem Schuh kalibrieren muss. Bei der Eingabe des Gewichts lüge ich zum ersten Mal in meinem Leben nicht und tippe, den Bildschirm abdeckend, 90 Kilo ein. Ein neues Leben beginnt – ich spüre es. Das Gerät fordert mich auf, 400 Meter zu gehen. Oh Gott, wie kompliziert, aber trotz

meinem neuen Elan und dem Wunsch, laufend in der neuen Klamotte gesehen zu werden, bin ich natürlich darauf bedacht, dass bei den amtlichen Messungen meiner Leistungen alles mit rechten Dingen zugeht. Ich drücke auf »Start«, um die Kalibrierung zu beginnen, und trotte los.
Die Punks auf der anderen Straßenseite lachen mich aus. Wartet nur, denke ich, wenn ich hier erst mal jeden Tag laufe, dann fühlen sich andere inspiriert und irgendwann läuft jeder, dann wird hier alles saniert und gentrifiziert und dann werden wir sehen, wer lacht. Der Snob-Effekt des Joggens scheint bereits erste Früchte zu tragen, nächste Woche spiele ich Tennis und übernächste Golf.
Ich latsche die Rigaer Straße Richtung Bersarinplatz, in der Hoffnung, dass diese Strecke in etwa 400 Metern entspricht. Mir fällt auf, dass ich diesen Streckenabschnitt sonst nur motorisiert oder volltrunken zurücklege, und bin überrascht, wie unattraktiv meine Wohngegend doch ist. Höhe Hausnummer 100 piept der iPod und beglückwünscht mich zum erfolgreich abgeschlossenen Teil 1 der Kalibrierung. Des Weiteren erzählt mir das Gerät, dass ich nun, um den Vorgang abzuschließen, weitere 400 Meter laufen solle.

Oh Mann. Ich setze meine personifizierte Trägheit in Bewegung und erhöhe das Tempo. Mein Körper fühlt sich schwer und unbeholfen an, doch ich merke, wie die auf mich abfärbende Dynamik der etwa 15 kleinen leuchtenden Nike-Logos und der Gedanke an meine schlanke Freundin in mir Knospen des sportlichen Ehrgeizes sprießen lassen. Es klappt – ich laufe. Ich hebe ab und mache lange, große Schritte. Ich tippe den Boden bei jeder Landung nur minimal an, um zum nächsten federnden Schritt anzusetzen, ein Gefühl wie Fliegen und von großer Freiheit macht sich bemerkbar, begleitet von einem bisher unbekannten Stolz, sich mit eigener Körperkraft in dieser Geschwindigkeit fortzubewegen. Ich biege hoch in die Petersburger Straße und ziehe in die lange Gerade. Bereits etwa zwei Minuten durchgehend gelaufen! Ich blicke nach hinten auf die zurückgelegte Strecke und wünsche mir, mich ewig so weiterzubewegen.

Der Kreislauf arbeitet auf erhöhten Touren und schüttet Endorphine sowie Befehle zum Schwitzen aus. Es wird warm im Nike-Dress. Eine kurze Hose hätte es auch getan. Wie viele Meter habe ich bereits geschafft? Ich darf nicht schon meine gesamte Energie bei der Kalibrierung verbrauchen. Zählen die 400 Meter eigentlich zum Tagestraining, das ich später via iTunes ins Internet stellen soll? Mein Gehirn setzt die Wärme in Aktivität um. Meine Muskeln beginnen, energisch gegen die Spontanbelastung zu rebellieren. Gleich muss es piepen.

Die Beine werden schwer und das leichte Tippen der Schuhsohlen auf dem Asphalt ist einem lauten Klatschen gewichen. Die Sonne glüht, die Abgase strömen in meine Lungen. Ich keuche. Die Muskeln brennen. Noch bis zur Ampel, das sind dann auf jeden Fall 400 Meter. Seitenstechen. Beidseitig. Der Schweiß tropft mir von Kinn und Augenbrauen. Die Hose rutscht. Schweiß im Auge. Endlich an der Ampel. Es piept nicht. Scheiße. Ok, dann eben noch über die Straße und bis zum Dönerladen. Ein Krampf im linken Unterschenkel. Ich kratze die nicht vorhandenen Reserven zusammen und humple noch ein paar Schritte an der Imbissbude vorbei. Ich beginne zu verstehen, wie sich Marathonläufer fühlen müssen, und das bereits nach 800 Metern. Nur noch bis zu den Stufen des Hauseingangs da drüben. Klatschnass und hyperventilierend sacke ich zusammen und liege, mit einer Hand die unterste Stufe des Treppchens berührend, auf dem Gehweg. Meine Atemfrequenz ist die eines hechelnden Hundes. Es piept nichts. Mir ist schwummrig und etwas schwarz vor Augen. Ich ziehe den iPod aus der Tasche und starre ungläubig auf das Display. »Um den 2. Teil der Kalibrierung zu beginnen, bitte ›Start‹ drücken.« Ich verliere das Bewusstsein und, wie ich erst später feststellen sollte, auch etwa 200 Milliliter Urin.

Als ich aufwache, übergebe ich mich auf einen ausgetrockneten Hundehaufen und rufe ein Taxi. Der Fahrer legt mich auf den Rücksitz und flucht über die heutige Jugend und wie unglaublich es sei, dass jetzt schon am helllichten Tag und auf offener Straße Leute verprügelt würden. Er fragt mich, ob ich ins Krankenhaus wolle oder lieber nach Hause. Lieber nach Hause, ich muss ins Bett. Mit der ersten regenerierten Kraft synchronisiere ich meine Laufleistung mit dem Internet. Mehrere User aus Kalifornien und Chile beglückwünschen mich nach einer schwachen ersten zu einer starken zweiten Trainingshälfte, welche ich in einer Durchschnittsgeschwindigkeit von sage und schreibe 44 km/h bewältigte.

Ich habe den Chip jetzt an meinen Motorroller geklebt und brettere regelmäßig über das Berliner Kopfsteinpflaster, um meinen Trainingsplan zu erfüllen und weitere Rekorde aufzustellen. Marianne findet es zwar tierisch sexy, dass ich jetzt ein Jogging-Internetstar bin, ermahnt mich aber, nicht zu doll zu trainieren, damit sie sich beim »Karambolage«-Gucken auf ARTE weiterhin an meinen Bauch kuscheln kann.

Schnecke schön durch

Für jemanden wie mich, der in der DDR groß geworden ist und in den letzten 20 Jahren aufgrund einer beruflichen Fehlentscheidung kaum Urlaub gemacht hat, ist Frankreich mit seinen darin befindlichen Franzosen ein weißer Fleck auf der Landkarte seiner Erfahrungen. Alles, was ich über dieses Land weiß, ist das, was ich damals im DDR-Fernsehen gesehen habe: Demonstrationen gegen den Kapitalismus, Arbeitslosigkeit, Versorgungsengpässe und regelmäßiger Streik der Arbeiterklasse. Nach der Wende hat sich dieser Wissenspool kaum erweitert. Mehr als eine Atomtestreihe auf Mururoa und die Tatsache, dass französische Touristen sich in der U-Bahn gefühlt lauter unterhalten als amerikanische, ist nicht hinzugekommen. Nachdem ich Marianne in die urbanen Gepflogenheiten des Berliner Postkommunismus eingeführt habe, soll nun ich an der Reihe sein, mich mit dem fremden Gebaren des Nachbarlandes auseinanderzusetzen.

Mit meiner süßen Freundin trat nicht nur die frühlingshafte Romantik in mein Leben, sondern auch eine Bagage familiärer und gesellschaftlicher Verpflichtungen namens Familie Rameaux. So begibt es sich, dass, als Émile – seines Zeichens Cousin – heiratet, Marianne mitsamt dem deutschen Barbaren, der das Nesthäkchen aus dem Schoß der Familie raubte, eingeladen ist.

In Paris angekommen wird mir klar, welche Ausmaße der Versorgungsmangel hat, den die regelmäßige Arbeitsniederlegung der französischen Arbeiter und Bauern mit sich bringt. Unterernährte Mädchen mit Lanugo-Flaum auf den Armen, Wangenknochen wie Topfhenkel und Augen so weit aufgerissen, als hätte es Tollkirschen zum Frühstück gegeben. Die Männer in meinem Alter sind ebenso unterernährt, tragen Röhrenjeans, haben sich dünne Pullover um den Hals gebunden und, um ihre knochigen Gesichter zu verbergen, die Haare tief ins Gesicht gekämmt. Ich selbst trage zum Glück noch ein paar Reserven mit mir herum und kann mich, was die Balance meines Zuckerhaushalts angeht, wirklich nicht beschweren. Ich werde bestaunt und angegafft und schäme mich ein wenig dafür, dass es mir so gut geht.

Wir betreten ein kleines Eckrestaurant. Der etwa 50-jährige Kellner, der uns zum Tisch bringt, starrt meiner Freundin auf die Brüste. Ich sehe ihn an, mache ein Gesicht wie Joschka Fischer und schüttle den Kopf. Er schiebt die Unterlippe nach vorne, nickt und mir wird klar, dass die Franzosen der gleichen Gensuppe entstiegen sind wie die Italiener und Spanier. Marianne bestellt für uns, denn ich muss gestehen, dass mein Französisch sehr zu wünschen übrig lässt beziehungsweise schlicht und ergreifend nicht vorhanden ist.
»Wann fängst du an, Französisch zu lernen?«
Eine der meistgestellten Fragen in den letzten Monaten.
»Wenn ich jedes Mal die Muttersprache meiner Freundin gelernt hätte, würde ich heute bei der UNO arbeiten – als Chefübersetzer.«
Direkt nach dem Satz entschuldige ich mich – übrigens der

einzige Satz, den ich auf Französisch kann: »Je suis désolé.« Den hatte ich mir vorsichtshalber aus dem Internet rausgesucht und bin überrascht, wie oft ich ihn gebrauche.

Der Kellner bringt uns Leitungswasser in einer Karaffe und einen Korb mit Brot. Ich stopfe mir gierig das Baguette in den Rachen, denn nachdem ich den ganzen Vormittag wie bekloppt durch Kirchen und Gassen gezerrt wurde, die man – und das muss ich neidvoll zugeben – an einigen Ecken aufwendiger saniert hat als die Mietskasernen der Rigaer Straße, habe ich ganz schön Kohldampf.
»Dem Brot fehlt Salz, Chérie«, sage ich zu meiner Freundin.
»Endlisch mal nischt versalzen. Vielleischt 'aben die bei der UNO besseres Brot«, raunzt es zurück.
Am Nebentisch sitzen fünf Franzosen. Jeder hat vor sich eine Scheibe feine Leberwurst mit Aspik auf dem Teller, die in daumengroßen Stücken an Brotfetzen geschmiert wird. Das Brot geht in der Gruppe rum wie ein Joint und ich denke an die Kolibakterien, die auf dem Baguette »Reise nach Jerusalem« spielen.
Der Kellner bringt unser Essen. Auf dem Gebiet, das einst die DDR beheimatete, ist von der kommunistischen Mangelwirtschaft nach all den Jahren nichts mehr zu spüren. Selbst in Frankfurt an der Oder ist es heutzutage überall möglich, einen brauchbaren Schweinebraten oder ein paar Kohlrouladen zu bekommen. In Paris ist man allerdings darauf angewiesen, sich notdürftig mit Kleintieren bei Bewusstsein zu halten.
»Mein Teller ist voller Schnecken. Ich dachte, du hättest mir ein Steak bestellt«, flüstere ich vorwurfsvoll.
»Escargots, nischt entrecôte.«

Wie gesagt, mein Französisch ist recht bescheiden und ich bin dadurch hilflos wie ein Baby. Aus unerfindlichen Gründen spricht man hier auch kein brauchbares Englisch, und wenn, dann klingt das so unverständlich wie meine Versuche, Russisch zu sprechen.
»Probier doch, sie schmecken sehr gut.«
Ich weiß nicht? Das letzte Mal, dass ich eine Schnecke gegessen habe, ist 25 Jahre her, und das auch nur, weil mir Steve sonst meinen Schulranzen nicht wiedergegeben hätte. Ich nehme die kleine Gabel und eine der Schnecken in die Hand und zerre den Schleimer aus seiner Behausung.
»Ist das ein Weibchen oder ein Männchen?«
»Isch glaube, diese Art von Schnecken sind Hermaphroditen. Nimm von der Knoblauchbutter«, sagt Marianne.
Ich beschmiere die kleine Transe mit extra Butter, sodass sie komplett bedeckt ist, und lege sie auf ein Stück salzloses Brot. Augen zu, Mund auf, zweimal schnell zubeißen und weg ist der Brocken, Weißwein hinterher – das Ganze hat keine drei Sekunden gedauert und wird definitiv nicht wiederholt. Ich habe mich doch nicht Millionen Jahre an die Spitze der Nahrungskette gekämpft, um mich dann an Wirbellosen in Knoblauchsud zu vergehen. Meine Freundin hat sich Muscheln bestellt und isst eine nach der anderen – mir ist schlecht. Noch schlechter wird mir allerdings, als ich die Rechnung bekomme. Eine Handvoll Weichtiere, zwei Tafelweine und Bauschaum in Brotform für günstige 52 Euro.
»Und gute Nacht, Marie!«
»Quoi?«
»Ach nichts, Chérie.«

Nach einer Stunde im Pariser Verkehr halten wir kurz bei Mariannes Eltern, um uns umzuziehen. Sie sind zwar auch

auf Émiles Hochzeit eingeladen, wollen mich aber unbedingt vorher unter sechs Augen kennenlernen oder, wie Marianne sagt: prüfen. Wahrscheinlich, ob ich fortpflanzungsfähig und liquide bin. Ich nehme Derartiges relativ relaxed, da ich normalerweise eine Anziehungskraft auf Schwiegermütter habe wie einst Julio Iglesias in den 70er-Jahren.
Monsieur und Madame Rameaux sind mir gegenüber freundlich, aber distanziert, man nennt mich »Monsieur Ginderfattör«, wenn ich direkt angesprochen werde, und »le Fritz«, wenn man der Meinung ist, ich könne nicht mithören. Man umarmt sich, es wird Französisch geredet, beide können kein Deutsch und Englisch nur bedingt. Marianne muss übersetzen. Ihre Mutter Audrey meint, wir müssten unbedingt vor der Feier noch eine Kleinigkeit zu uns nehmen und dass auch gerade »Os à moelle« fertig sei und dass der Deutsche sich doch mal setzen solle. Normalerweise winke ich dankend ab, wenn ich gerade vom Mittagessen komme, aber die einzelne Schnecke, die ich mir gegönnt habe, reicht bei Weitem nicht aus, um meinen Tagesbedarf an Lebensmitteln zu decken. Paul, Mariannes Vater, stellt mir einen Teller mit einem großen Knochenstück ohne Fleisch vor die Nase. Komisch. Ich sage nichts und prüfe verwirrt die Teller der anderen. Meine Vermutung, ich bekäme aus Argwohn den Abfallteller, bestätigt sich nicht, denn auch die Damen haben nebst einer Scheibe Brot einen kahlen Knochen auf dem Menüplan. Noch bevor ich den Sinn hinterfragen kann, pulen die anderen einen gelblichen Glibber aus dem Inneren des Knochens und schmieren ihn auf ein Scheibe Brot, von der sie daraufhin genüsslich abbeißen.
Und wieder kann ich meinen Satz gebrauchen: »Je suis désolé.«

Ich halte mir die Serviette vor den Mund und verschwinde im Bad. Aus dem Wohnzimmer höre ich eine Mischung aus Besorgnis und Gelächter, unterbrochen von »le Fritz! le Fritz!«.

Wir fahren gemeinsam zum Schauplatz der Feierlichkeiten. Einige Gäste sind schon da, traubenartig formiert und sich wie wild umarmend.
»Das ist Frankreisch«, sagt Marianne und stürzt sich ins Getümmel.
Sie zerrt mich am Sakko in die Menge und, bevor ich auch nur auf die Idee komme, mir prophylaktisch eine Herpescreme aufzutragen, bin ich im fleischigen Strudel französischer Rituale gefangen. Gefühlte 45 Minuten werde ich umarmt, gedrückt, gekniffen, geküsst und bestaunt. Neben den Bedenken, mir durch die für Deutsche ungewohnte Körperlichkeit einen Virus einzufangen, habe ich Angst, eines dieser Streichholzkonstrukte zu zerbrechen, denn manche der Verwandten sind dermaßen dünn, dass ich zwei auf einmal umarme, ohne es zu bemerken. Ich denke an die Schnecken, die ich heute im Restaurant habe stehen lassen. Hier hätte ich bestimmt ein paar dankbare Abnehmer gefunden. Mitten im Menschenklumpen der Oralorgie sieht man ab und zu einen Kellner vom Catering umherschleichen, der vergeblich versucht, sein Tablett mit kulinarischen Besonderheiten an den Franzosen zu bringen. Ich erkenne auf dem Tablett nichts Genießbares. Der Spitzenkoch hat sich in seiner Kreativität überschlagen, das Innere aus einer Auster herausgefriemelt, mit einer Paste und Knoblauch gebraten und mit Käse überbacken wieder in die Muschel geschmiert. Lecker! Doch mittlerweile würde ich sogar diese Kreation essen – samt Muschelschale.

Neben mir steht das dünnste Mädchen der Welt und, oh Wunder, sie spricht sogar etwas Deutsch. Auf der Oberfläche ihres leuchtend blauen Seidenkleides zeichnet sich jeder einzelne Knochen ab. Sie ist überdurchschnittlich braun gebrannt, hat dünnes schwarzes Haar und an ihren stark behaarten Unterarmen kann ich genau Elle und Speiche erkennen.
Ich frage: »Willst du eine von den überbackenen Austern? Die sehen widerlich aus, sollen aber großartig schmecken.« Und weil ich mir mit meiner Sakko-Größe 52 auf einmal so väterlich vorkomme, hänge ich noch ein »Du solltest mal was essen« hinten dran.
»Danke, das ist sehr freundlisch von Ihnen, aber es gibt ja in der Kirsche gleisch noch etwas zu essen«, spricht sie und schwebt, ohne einen Grashalm zu knicken, über den Rasen davon.
Marianne stürmt wütend auf mich zu und schreit mich flüsternd an: »Findest du diese Schlampe attraktiv?«
»Was?«
»Du denkst isch bin fett?«
»Hä? Ich denke, du hast einen Knall. Bei uns hießen Frauen früher Waltraut und Kunigunde, haben sieben Kinder während der Arbeit auf dem Feld geboren und dabei Römer mit bloßer Hand erschlagen. Ich komme aus einem Land, in dem Saumagen jahrelang Nationalgericht war und Ottfried Fischer einen Polizisten spielen kann, während euer ehemaliger Präsident sich die Wampe retuschieren lässt und Models vögelt. Ich finde dich nicht fett. Du bist nicht fett. Die anderen sind dürr.«
»Du bist so süß, aber isch weiß, dass isch zu fett bin. Komm, wir kommen zu spät in die Kirsche.«

Bevor ich sagen kann, dass ich mir wenigstens einen überbackenen Salzwassermuskel gönnen möchte, werde ich über die Straße in die Kirche gezogen. Alle Franzosen heiraten quasi katholisch und Émile und seine Erwählte sogar mit Abendmahl. Plötzlich wird mir klar, was das blaue Gerippe vorhin meinte. Ich stelle mich trotz meiner ostdeutschen Gottlosigkeit in die Schlange, um den oblatenen Leib Christi zu empfangen. Marianne faucht, dass ich ohne Kommunion hier kein Essen kriegen würde. Ich mache ihr mit einem Blick den Ernst der Lage klar und dass mir schon ganz übel sei und dass ich hier im Anzug verrecke, wenn ich jetzt nicht umgehend ein paar Ballaststoffe zu mir nehme.
»Du bist auch auf einmal ganz blass«, flüstert sie.
»Das ist wohl der Weihrauch«, antworte ich.
Ich drehe mich zum Pfarrer, öffne erwartungsvoll meinen Mund und schließe meine Augen.

Als ich sie wieder öffne, liege ich alleine in einem großen Bett eines gutbürgerlichen Schlafzimmers mit floralen Mustern auf der Tapete. An der gegenüberliegenden Wand hängt das Bild eines Mädchens mit dicken Möpsen und roter Schlumpfmütze, daneben ein Kruzifix. Die Tür geht auf, Marianne kommt ins Zimmer und lächelt.
»Du bist ja wach, mein Schatz. Du bist zusammengebrochen, als der Priester dir das Brot reischte. Wir 'aben disch ins Gäste'aus getragen.«
»Ich hoffe, ich habe die Oblate noch gegessen«, quäle ich aus meinem Körper.
»Nein, und das ist auch gut so, denn als der Priester erfahren 'at, dass du nischt getauft bist, wollte er die Messe beinahe abbreschen.«
Hinter ihrem Rücken holt sie einen Teller hervor.

»Wow, eine Bulette! Ist die für mich?«

»Isch konnte den Koch nischt dazu bringen, Pommes zu machen, des'alb mit Kartoffeln.«

Eines muss man den Franzosen lassen: Wenn sie ordentliche Zutaten haben, dann können sie auch kochen. Und obwohl ich ein schlechtes Gewissen habe, weil von dieser Portion Hackfleisch in Frankreich eine dreiköpfige Gerippe-Familie satt werden könnte, genieße ich doch die erlösende Mahlzeit. Ich meine sogar, ihr kulinarisches Geheimnis herausschmecken zu können. Es scheint, als hätte jemand auf dem Weg von der Küche bis zu mir eine kräftige Prise Liebe über das Essen gestreut.

Am siebten Tag kam der Osterhase

Das Osterfest zelebriere ich normalerweise, indem ich mir sechs Überraschungseier kaufe und mich der Illusion hingebe, dass Ferrero zwischen all den darin verborgenen kleinen Spielereien auch etwas für einen Mann mit ersten grauen Haaren im Programm hat. Die Aufschrift »Ab 3 Jahren« schließt mich ja nicht aus, erinnert mich allerdings eher an meine Grobmotorik als an die Gefahr, die Kleinteile zu verschlucken. Mit den Jahren sind die Eier immer weniger überraschend geworden und auch die Hoffnung auf einen coolen Kompass oder einen zusammenfaltbaren Flaschenöffner scheint vergebens. So soll Ostern auch in diesem Jahr vonstattengehen, doch plötzlich sorgt Marianne für eine ungewöhnliche »Erwachsenenüberraschung«.

»Isch möschte 'eute Abend in die Kirsche gehen, zum Ostergottesdienst am Bebelplatz.«

»Schön«, sage ich.

»Isch würde misch freuen, wenn du mitkommen würdest.«

Dass mit meiner Freundin auf religiöser Ebene etwas im Busch ist, habe ich bereits gemerkt, als in der Küche dort, wo bisher mein Gemüsesaisonkalender hing, auf einmal ein kleines silbernes Kreuz angebracht war. Den Versuch, diesen Austausch wieder rückgängig zu machen, bezahlte ich mit einem Zweistundenstreit und drei Suppentellern. Wann Spargelzeit ist, weiß ich jetzt nicht mehr, dafür aber, dass

Marianne mich gerade um einen Gefallen gebeten hat, den ich ihr nur schwer abschlagen kann, und da wir keine Erdnüsse im Haus haben und ich mich somit nicht mit einem Allergieschock aus der Affäre ziehen kann, sage ich zu.

Bisher war ich zweimal in einer Kirche, einmal, als ich im Sommer 1989 mit meinen Eltern über die grüne Grenze Ungarns nach Österreich geflohen bin, und einmal bei der Hochzeit von Cousin Émile vor ein paar Wochen.

»Wie lange geht denn so was?«, frage ich Marianne vor der St. Hedwigs-Kathedrale.
»Ostern kann es etwas länger dauern, vielleischt andert'alb Stunden.«
Spielfilmlänge. Alles klar. Wer François Ozons »8 Frauen« ansehen kann, der schafft auch das.
Am Eingang stehen zwei dicke, grinsende Rentnerinnen hinter einem Tisch. Ich zahle bei den dauergewellten Damen knapp vier Euro für zwei Kerzen. Eine Kerze besteht aus einem Faden und etwa 50 Gramm Paraffin. Vier Euro sind acht D-Mark – macht circa 80 Ostmark, was in etwa der damaligen Warmmiete meiner Oma in Köpenick entsprach.
»Pst!«, mahnt Marianne, noch bevor ich es ihr laut vorrechnen kann, und führt mich in die stockfinstere Halle.
»Ich kann nichts sehen«, flüstere ich.
»Mach dir keine Sorgen, wenn Jesus aufersteht, geht das Lischt wieder an. Das ist ganz normal bei der Ostermesse.«
Ich sehe die Hand vor Augen nicht, höre aber, dass die Kirche bis zum Rand gefüllt ist. Die verrückten Katholiken haben die Kathedrale in einen Darkroom verwandelt, keine Kerzen, keine Lämpchen, nichts. Ab und zu flackert in weiter Ferne das Display eines Handys auf. Ich kann mir

genau vorstellen, dass die, die schon seit einer Viertelstunde hier drinnen sitzen, beobachten, wie ich mich mit aufgerissenen Augen und ausgestreckten Armen durch die Bänke taste. Ich meine, ein leises Kichern zu hören.
»Chéri, 'ier ist etwas frei«, flüstert Marianne und zieht mich am Arm auf den Platz neben sich.
Mit der Zeit beginnen sich meine Augen an die Dunkelheit zu gewöhnen. Andere Blinde bewegen sich ängstlich durch den Raum wie Jodie Foster am Ende von »Das Schweigen der Lämmer« – statt der Knarre halten sie eine nicht angezündete Kerze vor sich. Lustig.
Nach einer gefühlten Ewigkeit passiert endlich etwas. Ein Zug aus zwanzig weiß gekleideten Männern zieht mit großen Kerzen und Weihrauch in die Menge – alle stehen auf. Dann setzen sich alle wieder. Der Priester singt etwas – alle stehen auf. Als er fertig ist, setzen sich alle wieder. Endlich dürfen auch wir unsere Kerzen entflammen. Der Priester bekommt von seinen Angestellten einen komischen Hut aufgesetzt. Alle stehen auf und singen etwas. Neben mir singt ein kleiner kahlköpfiger Mann mit seiner Mutter. Einladend hält er mir sein Gesangsbuch hin, damit ich den Liedtext mitlesen kann.
»Nein, danke, ich bin nicht gläubig, meine Freundin hat mich gebeten, hier mitzumachen. Ich hatte ja noch nicht einmal Jugendweihe«, flüstere ich ihm zu.
Er trällert, als gäbe es kein Morgen. Ich kenne das Lied nicht. Hinter mir steht eine Gruppe Japaner, sie spielen mit ihren Handys, einige kichern. Alles setzt sich. Marianne hat sichtlich Spaß, ich sehe auf die Uhr – es sind gerade einmal sechs Minuten vergangen. Alles steht auf. In diesem Raum sind wohl die gesamten Neuberliner Süddeutschlands versammelt, die der Prenzlauer Berg zu bieten hat. Ich stelle

mir vor, wie ein Ostberliner Selbstmordattentäter die Kirche betritt und sich mit den Worten »Wir sind das Volk« selbst in die Luft sprengt. Zugegebenermaßen wäre der Gentrifizierung einiger Stadtteile damit sehr effektiv Einhalt geboten. Im Unterhaltungsprogramm des katholischen Osterfestes ist aber stattdessen ein weiteres Lied vorgesehen. Ich frage mich, ob es jemand merkt, wenn ich auf meinem Telefon etwas Angry Birds spiele. Alle setzen sich.
Vor uns sitzt ein Paar in unserem Alter. An seinem Gesichtsausdruck kann ich erkennen, dass er aus dem gleichem Grund hier ist wie ich. Seine blonde Freundin mit slawischen Gesichtszügen faltet enthusiastisch die Hände zum Gebet, Marianne auch, er schaut umher, genau wie ich, mir läuft heißes Wachs über die Hand. Alle stehen auf. Ich beschließe, ab jetzt sitzen zu bleiben. Hardliner Marianne sieht vorwurfsvoll zu mir runter.
Ich fasse mir ans Knie und flüstere: »Meniskus.«
Einer der Priester zählt Namen von Heiligen auf. Die Katholiken haben viele Heilige und das Mädchen vor mir einen Kaugummi an ihrer Schuhsohle. Sitzend und stehend zwischen Schwaben mit weiß gerahmten Sonnenbrillen und Torero-Lederjäckchen denke ich, dass das Leiden Christi nicht schlimmer gewesen sein konnte. Ich fühle mich unwahrscheinlich östlich und überhaupt nicht österlich. Ich will hier raus.

Meine Freundin hat sich getäuscht. Aus einem lockeren Absitzen von »Pretty Woman« ist eine lateinische Synchronfassung von »Doktor Schiwago« geworden. Selbst mein hübscher Jesusfreak meint, dass dreieinhalb Stunden zu viel und zwölf Taufen während eines Gottesdienstes ungewöhnlich wären.

»Isch finde es trotzdem sehr süß, dass du mitgekommen bist. Jetzt können wir auch etwas machen, was dir gefällt, ok?«

Ich kaufe eine Palette Überraschungseier beim Späti und wir setzen uns neben Marx und Engels am Alex auf eine Bank. Ich brauche dringend weltlichen Ausgleich. Im ersten Ei, das Marianne öffnet, ist ein kleiner Kompass drin. Sie schenkt ihn mir.

Paul Giamattis Flucht aus der DDR

Ich selbst finde mich unglaublich geil, wahnsinnig witzig und hochgradig sexuell inspirativ. Die Gruppe von Menschen außerhalb meines Körpers, die ebenso empfindet, passt locker in einen smart fortwo, bei dem der Beifahrersitz mit einem großen Koffer belegt ist. Auf dem Koffer steht Paris und am Steuer sitzt Marianne. Wenn man uns kennt, stellt man sich des Öfteren die Frage: »Was will die eigentlich von dem Typen?« Eine Frage, die auch ich mir häufig stelle.

Okay, die Leute übergeben sich nicht, wenn sie mir auf der Straße begegnen, aber irgendwie sieht es, wenn Marianne und ich spazieren gehen, so aus, als hätten Paul Giamatti und Gisele Bündchen ein skurriles Verhältnis.

Mein finanzieller Reichtum kann auch nicht der Grund ihrer Zuneigung sein, denn um meiner Liebsten von meinem Vermögen etwas abgeben zu können, müsste ich die Metallsäge aus dem Werkzeugkasten kramen.

Die intellektuelle Bereicherung unserer Beziehung ist ähnlich einseitig. Marianne hat sich der Politik und der Literatur verschrieben und steckt mit Mitte zwanzig zwischen Promotion und ihrem zweiten Buch. Ich – Mitte dreißig – kann mich kaum noch an mein Studium erinnern, zumal ich den Studiengang nur gewählt hatte, weil die Frauenquote über 80 Prozent lag. Danach habe ich eigentlich nur gearbeitet. Am sonntäglichen Frühstückstisch liest Marianne mir regel-

mäßig aus der Zeitung vor, welche Ausstellungen sie besuchen möchte. Da ich derjenige bin, der die Zeitung zusammen mit den Brötchen vom Bäcker holen darf, habe ich genug Zeit, mich vorher über die jeweiligen Biografien der ausstellenden Künstler zu informieren, um diese wie selbstverständlich zwischen Kaffee und Marmelade zu präsentieren. (An dieser Stelle einen großen Dank an Apple und Wikipedia). Das beeindruckt meine Freundin so sehr, dass es für die kommende Woche reicht. Die restlichen Tage versuche ich einfach nur, möglichst schlau zu gucken und in keine Falle zu tappen.
Wir haben eigentlich kaum Gemeinsamkeiten im Bereich der kulturellen Aktivitäten. Marianne tanzt gerne – ich hasse Tanzen, die Oper – eine Qual und Familienfeste – ein Graus. Mein Sinn für Romantik hält sich auch in Grenzen. Das einzige Gedicht, das ich beherrsche, handelt von einer notgeilen Kuh und einem blinden Specht und meine Lieblingsblumen sind Basilikum und Rosmarin, denn ich – das muss ich in aller Bescheidenheit anmerken – kann ganz gut kochen. Unabhängig davon bin ich quasi der gesellschaftliche und kulturelle Antipode meiner süßen Parisienne.
Ich glaube, es ist meine Exotik, die sie fasziniert, meine Ostmentalität, meine besondere, durch die DDR-Jugend geprägte Aura. Während die meisten Frauen diesen Zauber eher als störend empfinden, scheint Marianne von meinen Anekdoten voller Zonen-Charme wie benebelt zu sein.

Ich betrete das Wohnzimmer. Marianne sitzt auf der Couch und sieht sich eine Dokumentation über die Teilungsgeschichte Berlins an. Menschen erzählen von ihrer Flucht und ihren Beweggründen, nach der Wende wieder zurück nach Ostberlin zu gehen. Ich setze mich dazu, finde mich

in der Sendung wieder und werde aufgrund meiner ähnlichen Geschichte etwas nostalgisch.
Marianne nimmt meine Hand und fragt: »Wieso bist du eigentlisch 'ier?«
»Na ja, ich bin ja auch geflohen. Damals. Über Ungarn. Mit meinen Eltern. Das war eine spannende Geschichte, als meine Mutter mich im Spätsommer 1989 völlig überraschend von meiner Oma in Köpenick abholte. Die Leute haben in dieser Zeit traditionell montags demonstriert und die Stadt war in einer komischen Stimmung. Anstatt nach Hause zu fahren, fuhren wir jedoch zum Flughafen. Meine Mutter erzählte mir, dass wir zur Hochzeit meines Onkels nach Budapest müssten und dass mein Vater bereits in Ungarn wäre. Wenn meine Mutter sagt, ich hätte einen Onkel in Budapest, dann ist das so, auch wenn ich noch nie von ihm gehört habe. Es war mein allererster Flug in einem Flugzeug, denn wenn man im Osten geboren war, flog man nicht besonders oft. Wohin auch? Am Budapester Flughafen trafen wir auf meinen Vater und ich wurde vorsichtig in den verwegenen Plan meiner Eltern eingeweiht. Statt auf einen Onkel trafen wir auf einen Schlepper, der uns nachts zur ungarisch-österreichischen Grenze bringen sollte. Das Auto, ein rostiger Dacia, fuhr uns bis zu einem dunklen Wald. Der Ungar meinte, dass wir uns ducken und zügig Richtung Norden laufen sollten, bis wir auf ein Loch im Zaun stießen. Wir liefen etwa fünf Minuten, als plötzlich ein Schuss …«
Marianne unterbricht mich: »Chéri, das ist bestimmt interessant, aber isch wollte nischt wissen, warum du in Berlin oder im Westen bist, sondern 'ier im Wohnzimmer. Isch dachte, du wolltest diese leckeren Nudeln mit dem Lamm machen, die mir immer so gut schmecken?«

Hier also nun das Geheimnis, wie man auch mit einer Durchschnittsvisage eine süße Französin verzaubert:

- *200 g Lammfilet*
- *300 g frische Tortelli mit Feigen-Ricotta-Füllung*
- *Zwiebeln, Olivenöl, Butter*
- *frischer Rosmarin, Rosinen*
- *Salz, Pfeffer, Honig, Sherry*

Das Lamm am Vortag in Öl, Zwiebeln und Rosmarin marinieren. Rosinen in warmem Wasser eine Stunde einweichen. Das Fleisch sehr scharf anbraten und im Ofen durchgaren lassen, bis es innen rosa ist. Pasta kochen. Lammbratensatz mit Sherry lösen, einkochen, Butter und Honig dazu, etwas aufschlagen, Rosinen hinein. Lamm auf den Tortelli anrichten und die süße Rosinenbutter darüber träufeln. Danach eine einfache Pannacotta mit frischer Minze und gehackten Nüssen.

Kindervatter mit Halbpension

Wenn man als Zugezogener in Berlin wohnt, fühlen sich regelmäßig – quasi jedes Wochenende – Freunde und Bekannte dazu eingeladen, einen zu besuchen. Die Gäste erwarten selbstverständlich, ein frisch bezogenes Bett, ein reichhaltiges Mahl und einen gut gelaunten Stadtführer vorzufinden. Seit ich eine Freundin aus Paris habe, hat sich die Anzahl meiner Besucher mehr als verdoppelt. Grundsätzlich kann ich verstehen, dass man in einer Stadt mit zehn Millionen Einwohnern auf 105 km² klaustrophobische Anfälle bekommt und daher die unendlichen Weiten Berlins aufsucht. Schließlich haben wir für unsere nur 3,4 Millionen Berliner ganze 900 km² Platz. Junge Pariser der gehobenen Gesellschaftsschicht geben sich, angelockt von der kulturellen Vielfalt, in den zahlreichen Ausstellungen und der Subkultur die Klinke in die Hand. Außerdem finden sie das alles einfach unheimlich günstig hier. Das Hotel spart man sich und die Flüge sind derart erschwinglich, dass man auch mehrmals im Jahr kommen kann, vorausgesetzt, ungewöhnliche An- und Abreisezeiten machen einem nichts aus.

Es ist Freitagabend und ich stehe um 23:00 Uhr nach dreizehnstündigem Agenturwahnsinn neben Marianne in der Ankunftshalle und warte auf Florent und Laurent aus Paris. Beide sind Doktoranden der Politik an der Sorbonne und

in Mariannes französischem Kolloquium. Die Ankunftszeit sei nicht allzu komfortabel, aber man bot an, uns durch ein kühles deutsches Bier zu entschädigen.
Natürlich sind sie die letzten Passagiere, die aus der Halle kommen, da der deutsche Zoll mal wieder über die Menge mitgeführter Lebensmittel stutzte. Wenn ich ins Nachbarland reise, bringe ich gerne eine türkische Wurst aus Kreuzberg oder ein Fläschchen Berliner Club-Mate mit, um den Gaumen des Gastgebers mit regionalen Spezialitäten vertraut zu machen. Die Gäste aus Paris sind selbstverständlich genauso höflich, führen aber neben den Gastgeschenken noch die dringend notwendigen Produkte zur Selbstversorgung mit. Florent drückt mir nach zwei metrosexuellen Wangenküsschen eine Flasche Champagner »Bollinger Special Cuvée« in die Hand. Die vier anderen Champagnerflaschen in Florents Koffer stehen ausschließlich für das französische Misstrauen gegenüber der Qualität der hiesigen Prickelwässer. Ich konfrontiere die Schaumweinexperten mit der deutsch klingenden Phonetik der Marke Bollinger und ihrer germanisch geprägten Geschichte. Schnell tippt man meine Behauptungen ins Smartphone ein und stellt bei Wikipedia ernüchtert die württembergische Herkunft der Winzerfamilie fest. Mit Heidsieck und Krug hätte es übrigens auch geklappt.

Auf der Fahrt zu uns nach Hause schwärmt man überschwänglich von der freien Szene, die sich ihnen bereits auf den ersten Metern Berliner Bodens erschlossen habe. Die Leute hier seien ja so abgefahren und sie hätten schon in der Wartehalle zwei Transen, ein paar besoffene Australier sowie Daniel Brühl gesehen. Das seien genug Eindrücke für die Schlussfolgerung, in der geilsten Stadt des Planeten und

zu Gast bei den wohl glücklichsten Menschen der Welt zu sein. Schließlich könnten wir diesen Luxus ja jeden Tag genießen.
»Luxus ist, wenn man auf seine Möglichkeiten verzichtet«, bremse ich die Begeisterung.

In unserer Küche werden wir gezwungen, das angekündigte Dankesbier zu trinken – natürlich eines aus unserem Kühlschrank. Und die restlichen auch gleich, schließlich braucht man Platz für den Champagner. Ich bewundere Mariannes unerschütterliche Höflichkeit, die sie Gästen entgegenbringt, die trotz mehrfachen Verneinens unsererseits die Gläser immer wieder auffüllen. Und ich hoffe, sie bewundert im Gegenzug mein unerschütterliches Durchhaltevermögen, das ich nach einem äußerst ätzenden Arbeitstag nur ihr zuliebe aufbringe. Als ich nach einigen Gläsern feststelle, dass mein Bier nach Wodka schmeckt, alle nur noch französisch reden und ich neben dem Tisch auf dem Boden liege, werfe ich Marianne einen mitleiderregenden Blick zu und darf endlich ins Bett. Morgen muss ich fit sein.
Nach diesen Küchenbesäufnissen verfluche ich regelmäßig alle französischen Besucher. Aber mir ist auch klar, dass es in anderen Wohnungspensionen noch schlimmer zugeht. Man stelle sich vor, ich hätte eine russische Freundin oder eine aus einem Kölner Kegelclub.

Am nächsten Morgen schlurfe ich zum Bad, als mir Laurent entgegenkommt, der sich gerade seinen Kaschmirpulli übers Hemd bindet. Der Vogel ist zehn Jahre jünger als ich und somit schon fit und startbereit. Nach kurzer Kontrolle beglückwünsche ich mich selbst zu der Leistung, meinen Schlafanzug, den ich erst besitze, seit wir so viele Gäste

beherbergen, gestern noch angezogen zu haben. Punktabzug gibt es allerdings dafür, dass sich die Nähte außen und der Hosenschlitz auf der Rückseite befinden.
Das Bad ist natürlich besetzt und ich gehe in die Küche, um dort heimlich in die Spüle zu pinkeln, da sich meine Blase wie eine heftig geschüttelte Bierdose anfühlt. Marianne, frisch und ausgeschlafen, wie nicht anders zu erwarten, bereitet gerade das Frühstück vor. Gott sei Dank frühstücken Franzosen nicht so viel, dann wird es nicht so teuer, denke ich noch, als ich die leeren Flaschen auf dem Boden sehe. Unter ihnen befinden sich nicht nur unser Biervorrat und mein Gastgeschenk, sondern auch der 40 Euro teure Grey Goose Vodka, den ich zum Geburtstag von Mariannes Vater bekommen habe.
»'allo, Chéri, alles klar? Wir wollen doch gleisch los«, erinnert sie mich an die geplante Besichtigungstour, während sie mir einen Gutenmorgenkuss gibt.
Florent gibt das Bad endlich frei. Erlösung. Die Luftfeuchtigkeit in dem Zimmerchen ist dermaßen hoch, dass man nach drei Atemzügen direkt wieder pinkeln muss, vorausgesetzt, man ist nicht vorher durch den Parfümgehalt der Luft bewusstlos geworden oder durch ein nasses Handtuch auf dem Boden ums Leben gekommen. Der Spiegel ist komplett beschlagen – wahrscheinlich besser so, wer weiß, wie ich aussehe. Ich werfe mich in Klamotten der Sauberkeitsstufe »stinkt – geht aber noch« und schließe mich der Gruppe an. Saubere Kleidung ist während der gesamten Urlaubssaison Mangelware, da Waschmaschine und Wäscheleine durch Gäste-Bettwäsche blockiert sind.

An der U-Bahn-Station wird diskutiert, welche Attraktionen der Stadt in Augenschein genommen werden. Eigent-

lich ist es überflüssig, sich diesbezüglich zu beraten, da wir mit Erstbesuchern sowieso immer die gleiche Tour unternehmen. Ich gebe den Gästen aber durch gezielt eingesetzte Denkpausen das Gefühl, völlig spontan zu handeln und ihnen ein gewisses Mitbestimmungsrecht zuzugestehen.
»Ich würde sagen, erst mal Alex, dann vielleicht rüber zum Hackeschen Markt, dann Brandenburger Tor, Reichstag und irgendwo einen Kaffee an der Spree?«
Marianne nickt ab, die Jungs stimmen begeistert zu.

Alexanderplatz

Für den ersten Schub guter Laune sorgt bei kosmopolitischen Gästen meiner Wohnungspension, dass sie ihre Heimatstadt auf der Weltzeituhr finden können. Eine Freundin meiner Ex umkreiste etwa fünfmal den hässlichen Zylinder auf der Suche nach Bratislava. Ich musste ihr dann mitteilen, dass aus falsch verstandenen historischen Traditionen die Stadt Bratislava auf der Weltzeituhr noch als »Pressburg« zu finden sei, was dazu führte, dass ihre gute Laune einer gewissen Nachdenklichkeit wich und es ihr letzter Berlinbesuch sein sollte. Aber diesmal haben wir Glück. Paris ist drauf. Sogar auf der gleichen Seite wie Berlin.
»Komm, wir machen ein Foto!«, ruft Laurent. Da sein Handy keine gute Kamera hat, muss meines herhalten. Ich muss eh nicht unbedingt mit aufs Bild, weil die Franzosen bei Facebook sonst immer fragen, wer der Mann ohne Kaschmirpulli um den Hals ist. Ich speichere das Bild im Ordner Weltzeituhr ab, in dem schon mehrere Aufnahmen von anderen Besuchern abgespeichert sind. Ich muss nur aufpassen, dass ich Laurent später das richtige sende.

Hackescher Markt

Ehrlich gesagt, ist es mir nach wie vor ein Rätsel, was die Touristen dort hintreibt. Außer einem S-Bahn-Viadukt mit diversen Touristenfallen und überteuerten Modeläden, in denen zerrissene T-Shirts als Customized Look dargeboten werden, gibt es dort nur die Hackeschen Höfe zu bewundern. Eine aus verschachtelten Zellen bestehende Mietskaserne geistesgestörter Bauart, die heute zu den teuersten Wohngegenden Berlins gehört. Gefühlte eine Million Touristen schlängeln sich täglich durch die acht Höfe und bewundern Büros von PR-Agenturen und Balkone von Überreichen. Wir auch. Es muss die unerschütterliche Hoffnung des Menschen sein, die uns in der Annahme, vielleicht im nächsten Hof etwas Interessantes zu entdecken, von Hof zu Hof treibt. Man stellt allerdings schnell fest, dass dort nichts, aber auch rein gar nichts zu finden ist. Dennoch machen wir etwa 30 Fotos von nichts. Vielleicht entdeckt man zu Hause auf dem Megapixelfoto am Computer ja doch noch ein Rattenweibchen, das gerade Junge wirft, Brad Pitt mit Wollmütze oder einen rausgerutschten Nippel.

Brandenburger Tor

Als wir am Brandenburger Tor ankommen, werde ich von Florent durch die Frage, die mich quasi als Notfall-Lexikon aktiviert, aus meinem Trott gerissen.
»Was ist das?«
»Das ist das Brandenburger Tor«, antworte ich.
»Nein, isch meine die Leute da mit den Uniformen.«

»Ach, die. Das sind nur so ein paar Hohlfrüchte von der Schauspielschule, die sich ohne Rücksicht auf die Erinnerungen und Gefühle lebender Zeitzeugen hier in Besatzeruniformen hinstellen, damit andere Arschpfeifen, die mit Deutschland nur Mercedes und Fleiß verbinden, sich mit ihnen für einen Euro fotografieren lassen können«, kläre ich ihn auf.
Marianne wirft mir einen ihrer bösen Blicke zu. Der Satz war aber wohl zu lang oder Florent hat ihn in seiner Gänze nicht verstanden, denn als Antwort kommt: »C'est cool. 'ast du einen Euro? Isch 'abe nur Kreditkarten dabei.«

Marianne macht von meinem Geld abwechselnd Bilder von unseren Gästen mit sowjetischen und amerikanischen Soldatenimitaten, während ich langsam zum Tor schlendere. Eigentlich mag ich diesen Ort sehr gerne. Ich bin seit 1990 bestimmt einige Hundert Mal durch das Brandenburger Tor gelaufen, doch jedes Mal übermannt mich ein paar Schritte vor dem Durchgang meine Erinnerung und ich spüre für einen Moment die Gegenwart meiner Oma aus Köpenick. Am 22. Dezember 1990 ist sie mit mir hier das erste und letzte Mal hindurchgelaufen. Sie hätte das natürlich auch schon ein Jahr zuvor tun können, aber zum Zeitpunkt des Mauerfalls lebte ich als politischer Flüchtling in Bayern und sie sagte mir, dass sie auf mich warten würde, weil sie nicht allein hindurchlaufen, sondern mir das alles gerne zeigen wolle. Als ich sie dann ein Jahr später an Weihnachten in Köpenick besuchte, war es endlich so weit. Direkt vor dem Tor drückte sie meine Hand ganz fest. So doll, dass es ein bisschen wehtat. Aber ich sagte nichts, denn ihr fester Griff gab mir Sicherheit trotz der vielen Menschen, die sich mit uns an diesem Samstag über den Platz drängten. Ich schaute sie an und wir gingen gemeinsam die Schritte, die ihr so wichtig waren, dass sie sie für mich aufgehoben hatte. Ich weiß nicht mehr, ob sie geweint hat. Ich weiß nur, dass sie sehr ernst war. Ihre Aufregung und Angst, die ich damals als Junge noch nicht ganz verstand, spüre ich nun jedes Mal, wenn ich diesen Ort besuche, und ich bin traurig, dass ich ihr nicht mehr davon erzählen kann.

»Geht's dir gut?«, flüstert Marianne, während sie mir über die Schulter streicht. Sie kennt die Geschichte natürlich. Wir sind ja fast jedes Wochenende hier und ich rede oft von meiner Oma, denn sie war eine beeindruckende Person und ich habe viele Jahre meiner Kindheit bei ihr verbracht.
»Die Jungs sind bei Starbucks auf die Toilette. Musst du auch?«, fragt sie mich.
»Nein, ich muss erst nach dem Reichstag – wie immer.«

Reichstag

Seit einigen Jahren muss man sich vorher anmelden, um das Reichstagsgebäude zu besichtigen. Selbstverständlich haben wir das vorher absichtlich nicht gewusst. Marianne, weil sie etwas unter Höhenangst leidet, und ich, weil ich es nicht mag, mich bei der Personenkontrolle eines Großteils meiner Kleidung und Würde zu entledigen. Wir stehen vor dem Einlass und tun völlig überrascht über diese Neuerung und entschuldigen uns bei Laurent und Florent für die mangelnde Vorbereitung.
»Ist das der Kanzlerpalast?«, fragt Laurent.
»Nein«, sage ich, »das Kanzleramt ist der Betonklotz mit den komischen Kreisen da drüben.«

Die beiden schauen sich an und lachen. Wenn man schon einmal den Élysée-Palast in Paris gesehen hat, weiß man auch warum. Ich unterbreche unsere Gäste mit dem Vorschlag, an der Strandbar, die nur wenige Minuten von hier entfernt ist, was zu trinken.

Strandbar

»Habt ihr Hunger? Hier gibt es ein paar essbare Chickenwings«, frage ich die Jungs.
»Warum nischt? Klar!«, nickt mir Laurent zu.
»Bleibt ruhig sitzen. Ich bestelle an der Theke, dann geht es schneller.«
An der Bar begrüßt mich Louis, der Chef der Touristenfalle.
»Na, Kindervatter, alles klar bei dir? Was hast'n dabei?«, fragt er mich.
»Standard«, antworte ich, »heute nur zwei Franzosen.«
»Mit Chickenwings?«
»Yo.«
Louis nimmt die Bestellung auf und gibt mir anschließend einen Zwanziger aus seiner Hosentasche. Für jeden Touristen, den ich oder ein anderer Berliner mit gültigem Personalausweis bringen, bekommt man bei Louis fünf Euro. Wenn sie Essen bestellen, gibt es noch mal je einen Fünfer drauf. Im White Trash oder im Kaffee Burger bekommt man höchstens ein Freigetränk.

Feierabend. Wir haben alles Wichtige durch. Gott sei Dank hatten die beiden noch nie etwas vom Holocaust-Denkmal oder dem Potsdamer Platz gehört, sonst hätten wir die Tour noch um diesen Schlenker verlängern müssen. In unserem Kiez gibt es keine Attraktionen zu bewundern. Hier sind die Leute eher mit einem rostigen Einkaufswagen voller Leergut unterwegs als mit einem Segway. Einziges erwähnenswertes Highlight ist der kleine Baum, den das Max-Planck-Institut vor meinem Haus hat pflanzen lassen, um festzustellen, wie viel menschlichen Urin ein Haselnussbaum vertragen kann. Na ja, und der niemals leer werdende Kühlschrank natürlich, aus dem ich eine abschließende Runde Bier spendiere.

Florent meint, das mit den Ausstellungen und der Subkultur habe ja zeitlich nicht so gut geklappt, es gebe einfach zu viel zu sehen und dass man auf jeden Fall noch einmal wiederkommen werde, dann aber für länger.

»Da müsst ihr mal im Kalender an der Wohnungstür schauen, ob in diesem Jahr noch ein Wochenende frei ist. Eigentlich wollte ich schon längst eine kleine Website mit einem Buchungssystem angelegt haben, aber …« Marianne tritt mich unter dem Tisch.

»Kannst du die beiden morgen früh zum Flughafen bringen? Isch weiß nischt, ob isch das schaffe, isch bin total kaputt«, fragt sie mich.

»Kann ich machen. Um wie viel Uhr denn?«

»Sie müssen um 6:30 Uhr im Flugzeug sitzen«, piepst es zaghaft aus dem französischen Welpengesicht.

Ich möchte gerne an die Ärmel der Kaschmirpullis, die auf Laurents und Florents Schultern liegen, je ein Pferd knoten und mit einem Revolver wild in die Luft schießen, stattdessen sage ich: »Dann sollten wir heute wohl nicht zu lange machen.« Aber da ploppt schon der Champagner-Korken. Eigentlich hatte ich darauf spekuliert, die Flaschen zu verkaufen, um den Grey Goose zu amortisieren.

Nächstes Jahr in Paris!

Laurent und Florent stehen auf dem Trottoir vor dem Abflugterminal und sehen noch genauso aus wie zum Zeitpunkt ihrer Ankunft. Was zehn Jahre Altersunterschied ausmachen können, denke ich, als ich mich im Rückspiegel des Autos betrachte und feststellen muss, dass es bereits 20 Jahre Unterschied sind. Zumindest optisch.

»Wenn ihr dann noch einmal hier wart«, sage ich aus dem Beifahrerfenster heraus, »muss ich mich aber mit einem Besuch revanchieren. Ich hatte mir überlegt, mal nur mit drei Kumpels für zwei Wochen nach Paris zu kommen. Da gibt es ja so viel zu sehen! Wir können doch sicher bei euch pennen, oder? Ich war jetzt bestimmt schon dreimal in der Stadt, aber ich habe bisher nicht einmal den Eiffelturm, Sacré-Cœur, Notre-Dame, das Moulin Rouge oder den Louvre besichtigt. Ihr könntet uns dann ja alles zeigen? Das wird geil, ich freu mich schon drauf.«

So, der hat gesessen. Das Abschiedslächeln der beiden gefriert. Sie winken betroffen, während sie mit ihren Rollkoffern laut ratternd von dannen ziehen. Ich denke, die sehen wir nie wieder.

Warschauer-Pakt-Rekord

Die Bereitschaft meiner französischen Freundin, sich an einige Eigenarten ihres Gastgeberlandes anzupassen, seien diese aus ihrer Sicht noch so skurril, ist beispielhaft. Marianne trinkt regelmäßig Bier, spart Strom und ist gegen Atomkraft. Seit einiger Zeit wartet sie sogar am Bordstein, wenn die Fußgängerampel auf Rot geschaltet ist. Allerdings scheint vor jeder Ampel der Konflikt in ihr dermaßen groß zu sein, dass während der kompletten Rotphase über den mangelnden Sinn dieser Aktion referiert wird. Meist gehe ich dann einfach los und erlöse uns beide aus der Situation.

Aber alles in allem wird Marianne in ihrem Verhalten von Tag zu Tag deutscher. Jetzt könnte man meinen, dass so jeden Tag ein Stück ihrer französischen Exotik verloren ginge. Aber dem ist nicht so. Denn Marianne tut diese Dinge nicht aus Überzeugung, sondern mit dem charmanten Wunsch, mir zu gefallen. Ebenso wie ich in Paris wie selbstverständlich Ampeln ignoriere, Apfelwein aus Tassen trinke und mich die meiste Zeit des Tages über das Essen unterhalte.
Als ich heute nach Hause komme, überrascht sie mich mit ihrem neusten deutschen Integrationsversuch. Neben dem Mülleimer steht plötzlich ihr Papierkorb.

»Wieso trennst du eigentlisch keinen Müll? Ich war 'eute bei Sarah und die trennen sogar Glas nach Farben und Bio-

müll. Wir werden ab 'eute mit Papier anfangen und isch besorge neue Eimer für die anderen Sachen«, legt sie fest. Sarah ist eine französische Freundin von Marianne, die seit ein paar Jahren in Berlin am Theater arbeitet. Sie hat daher schon einen gewissen Assimilierungsvorsprung, mit dem sie mein schönes, ruhiges Leben gerne durcheinanderbringt.
»Ich muss kein Altpapier mehr sammeln«, sage ich. »Ich habe zu DDR-Zeiten vermutlich mehr Altpapier gesammelt als jeder andere in Berlin – wenn nicht sogar in ganz Deutschland.«
Marianne verschränkt die Arme und sieht mich belustigt und skeptisch an.

Damals in der DDR wurde der Wert von Altpapier nämlich mehr zu schätzen gewusst als in der imperialistischen BRD. Das kollektive Sammeln alter Zeitungen war keine ökologische Romantik, sondern staatlich verordnete Pflicht eines jeden guten Ossis, da im real existierenden Sozialismus Rohstoffe Mangelware waren und die gemeinschaftliche Problemlösung zur Bürgerpflicht erklärt wurde. Dass wir Papier nötiger brauchten als die in der keimenden Digitalisierung lebenden Wessis, war offensichtlich. Allein mein Onkel Richard hatte einen Papierverbrauch, der sich sehen lassen konnte. Er dokumentierte täglich die Geschehnisse in unserer Nachbarschaft und im Bekanntenkreis mit der Schreibmaschine, um diese in Form von Protokollen zu versenden. Freunde aus der Schule berichteten mir, dass auch sie so einen Onkel oder Vater hätten, und so konnte ich mir den ostdeutschen Tagesbedarf schnell hochrechnen. In der DDR sammelten wir Kinder nicht alleine – man hatte uns als Pioniere organisiert, mit Statuten und Uniformen ausgestattet und täglich von Fleiß und Hilfsbereitschaft erzählt. So waren wir früh dafür gewappnet, mit Holzgewehren im Park neben der Schule das Töten von Amerikanern zu üben, Rentnern über die Straße zu helfen oder eben Altpapier zu sammeln.

Mein Hemd leuchtete strahlend weiß während des Fahnenappells und der Morgenwind, der das süßlich duftende Aroma des Chemie-Kombinats mit sich trug, ließ mein Pionierhalstuch sanft auf meiner Brust tanzen. Leuchtend rot, in Revolution getränkt und aus 100-prozentigem »PAS Gewirke« vom »VEB Annaberger Wäschewerk Kombinat Baumwolle«. Wir Pioniere trugen es mit Stolz oder mit Abscheu, je nachdem welche Spur die rote Befreiungsarmee in der Familie hinterlassen hatte. Dass in diesem Tuch keine Baumwolle enthalten war, merkte man spätestens am nächsten Morgen, wenn sich kleine nasse Pusteln an den Stellen bildeten, an welchen man Hautkontakt mit dem Tüchlein hatte.
Beim Appell trugen alle ihre Pionier-Uniform. Die Thälmann-Pioniere ein weißes Hemd mit rotem Halstuch, die Jungpioniere ein weißes Hemd mit blauem Tuch und die Großen von der Freien Deutschen Jugend ihr blaues FDJ-Hemd. So standen die Schüler der 9. Polytechnischen Oberschule in aus Klassen bestehenden Blöcken auf dem Hof und warteten auf die Show. Immer drei Schüler hintereinander, meist nach Größe geordnet und mit Stullen und Äpfeln darauf vorbereitet, eine Dreiviertelstunde in der prallen Ost-Hitze zu stehen. Wenn eine befreundete Schule aus der Tschechoslowakei eine Delegation zu uns geschickt hatte, um eine Rede auf Tschechisch zu halten, die keiner verstand, konnte der Appell auch schon mal doppelt so lange dauern. Oftmals ist dann schon nach einer

halben Stunde einer der dutzend Ronnys an unserer Schule in Ohnmacht gefallen und sorgte mit seinem Kollaps für allgemeine Erheiterung. Die Augen verdrehten sich und man sah nur noch das Weiße.
»Still gestanden«, peitschte der Lehrer über die Köpfe.
Ronny lag auf dem Asphalt und verlor die Gewalt über seinen Schließmuskel.

Wer sein Halstuch oder sein weißes Hemd vergessen hatte, musste beim Appell nach hinten. Ich stand oft hinten. Es wurde die Hymne gespielt, Schüler trugen Fahnen über den Hof und Lehrer brüllten Befehle in die Menge, dass es eine reine Freude für jeden zwölfjährigen Militaristen war. Jede Klasse hatte einen Gruppenratsvorsitzenden, eine Art Klassensprecher wie im Westen, allerdings noch unbeliebter und mit erniedrigenden Aufgaben betraut. Der Gruppenratsvorsitzende meldete dem Freundschaftsratsvorsitzenden nach rechtwinkligem Heraustreten aus der Pioniergruppe die Anwesenheit seiner Klasse.
»Freundschaftsratsvorsitzender Lohmann, ich melde, die Klasse 7a ist vollzählig zum Fahnenappell angetreten.«
Nach ein, zwei Liedern, die heute bestimmt verboten sind, wurden einige wenige Schüler für ihre Leistungen im Unterricht oder für Heldentaten in ihrer Pionierfreizeit ausgezeichnet. Entweder hatten sie einen Freund denunziert, der morgens auf dem Hof gestikulierend und mit Mundgeräuschen untermalt die letzte »Colt Seavers«-Folge aus dem verbotenen Westfernsehen nachspielte, oder sie hatten überdurchschnittlich viel Altpapier gesammelt. Mein Name war nie dabei, denn ich mochte »Colt Seavers« und sammelte nie Papier. Meine Devise: »Bloß nicht durch Fleiß auffallen, bloß nicht zu pioniermäßig sein«, denn die

Tugenden, welche die Lehrerschaft glücklich machten, waren gänzlich unbeliebt bei den Mädchen, und ich mochte Mädchen.

Nach einem dieser Appelle rief mich Direktor Schulze mal wieder zu sich ins Lehrerzimmer. Neben ihm saß René, unser »Altpapierverantwortlicher«. Renés Daseinsberechtigung bestand allein darin, die Altpapiersammlungen der einzelnen Schüler zu wiegen, zu protokollieren und zu melden. Mein Name war bisher nicht dabei. Nicht ein einziges Mal in sieben Jahren.
»Benjamin, René hat mich in seiner Aufgabe als Altpapierverantwortlicher darauf hingewiesen, dass du immer noch kein Altpapier in die Schule gebracht hast. Nicht ein einziges Kilo in sieben Jahren. Du weißt, wie wertvoll die Rohstoffe für unsere Republik sind, und dass es deine oberste Pionierpflicht ist, dein Land zu unterstützen. Dein Klassenkollektiv würde es bestimmt begrüßen, wenn du im nächsten Monat das Altpapier von zu Hause mit in die Schule bringst. Wenn jeder Pionier so wie du handeln würde, hätte der Klassenfeind leichtes Spiel, seine konterrevolutionären Ziele durchzusetzen. Nimm dir ein Beispiel an René, er hat im letzten Monat 23 Kilo gesammelt.«
René grinste bis über beide Ohren. Er war wie ich in Anne verliebt. Ich war mit ihr Eis essen, das stank ihm und nun pisste er mir an den Karren. Als ich aus dem Lehrerzimmer kam und an den Haken vorbeilief, an denen alle Schüler ihre Jacken aufhingen, nahm ich Renés Anorak und stopfte ihn in den Mülleimer auf dem Gang.

Am nächsten Morgen nahm ich die alten Zeitungen aus dem Zeitungsständer meines Vaters, schnürte ein handli-

ches Paket und versah es mit meinem Namen. Im Klassenzimmer legte ich es René auf den Tisch und ließ 2,4 Kilo Altpapier unter meinem Namen eintragen. Renés Jacke roch nach Apfel mit Salami und sein Blick versprühte tiefen Hass.
»Morgen kriegst du mehr«, sagte ich zu ihm und setzte mich neben Anne.

Die darauffolgenden Tage brachte ich Altpapier mit, massenhaft, ich klapperte meine Verwandten und die Nachbarn ab, sammelte auf der Straße und durchwühlte die Müllcontainer im Hinterhof. Ich hatte einen Plan. Ich wollte so viel Altpapier sammeln, dass ein für alle Mal Ruhe wäre, René das Grinsen aus dem Gesicht fiele und der alte Schulle mir einfach eine Urkunde geben müsste. Aber das Projekt gestaltete sich recht schnell viel schwieriger, als ich gedacht hatte. Nach einigen Tagen war ich gezwungen, neue Quellen zu erschließen. Nachdem ich vergeblich versucht hatte, ein paar Bücher aus der Bibliothek bei René wiegen zu lassen, verkaufte ich eine *BRAVO*, zwei Beatles-Platten und einen zerfledderten Sartre auf dem Schwarzmarkt hinterm Alex für 234 Mark. Davon kaufte ich mir 1560 Exemplare der *Berliner Zeitung* und schleppte sie in die Schule. Am 30. April war es dann so weit: Neben meinem Namen standen sage und schreibe 347,3 Kilo Altpapier, zertifiziert, gewogen und protokolliert vom Papp-René höchstpersönlich. Das hatte es noch nie gegeben. Klassenrekord, Schulrekord, Landesrekord und in dieser Disziplin wahrscheinlich sogar Weltrekord – zumindest aber Warschauer-Pakt-Rekord. Meine Klassenlehrerin Stepanski und Direktor Schulze waren außer sich, als René am Monatsende mit knirschenden Zähnen seine Liste abgab.

Beim nächsten Fahnenappell war es dann so weit, Herr Schulze klopfte mit zwei Fingern auf das Mikrofon und nannte irgendwann zwischen den Worten »Vorbild«, »Arbeiterklasse«, »Frieden« und »Sozialismus« meinen Namen. Ich trat rechtwinklig aus meiner Pioniergruppe heraus und marschierte auf den Freundschaftsratsvorsitzenden zu. Man feierte und beglückwünschte mich. Zwei Tschechen sangen ein russisches Lied über Bäume und der Direktor überreichte mir die Urkunde, die meine spontane Sammelleidenschaft unvergesslich und mich unantastbar machte. Alle Ronnys hielten durch. Danach habe ich nur noch ein einziges Mal Altpapier abgegeben: Ich faltete meine Urkunde zu einem kleinen, süßen Päckchen zusammen und ließ 32 Gramm meinem Namen gutschreiben. Mein Sammelrekord blieb lange Zeit ungebrochen, bis René im September 1990 eine Palette Jugendweihe-Exemplare von »Vom Sinn unseres Lebens« in die Altpapiersammlung gab. Wenige Tage später war der Spuk vorbei und Renés Versuch, meinen Rekord zu überbieten, gehörte plötzlich zu den Dingen, die durch die Wiedervereinigung unwichtig wurden.

»Das ist eine schöne Geschichte. Aber 'eute sammeln wir nischt mehr für den Klassenkampf, sondern für die Umwelt. Also links bitte normaler Müll und das Papier in den Korb«, sagt Marianne, während sie aus der Küche geht.
Ich hoffe, mit der Mülltrennerei verhält es sich demnächst bei ihr wie mit dem Warten an Fußgängerampeln. Bis dahin stelle ich wenigstens die Personenwaage unter den Papierkorb, vielleicht gibt es ja irgendwann wieder eine Urkunde.

Kalauerschrippe

Immer wenn Marianne wegen ihrer Doktorarbeit eine Woche in Paris ist, bemerke ich die Ödnis meines Alltags zwischen leerem Bett und dem infernalischen Büro, das mein Chef leichtsinnig als »Ihren Arbeitsplatz« bezeichnet. Ich gehe jeden Tag den gleichen Weg von meiner Wohnung zur U5, durch die gekachelten Katakomben unter dem Alexanderplatz, von U-Bahn zu U-Bahn und dann mit dem Fahrstuhl direkt in die ebenfalls gekachelte Agentur. Unterwegs sehe ich Menschen, die in den gleichen Zeitschleifen hängen, mit immer gleichen Bewegungen und Gedanken, gefangen im Daumenkino der Langeweile, sinnlos, ziellos und scheinbar unendlich.

Mein Leben braucht eine kleine Abwechslung, und wenn es nur die ist, dass ich ab heute mit der Straßenbahn fahre. Über der Erde brauche ich zwar zehn Minuten länger, aber die Aussicht auf einen kompletten Wechsel meiner Mitreisenden sowie einen sonnigen Blick auf die Oberfläche meiner Stadt überzeugen mich schlichtweg. Schön ist es hier oben, auch wenn ich etwas Angst vor der ungewohnten Umgebung habe. Jeder Schritt ist neu und ich hoffe, dass mir auf der Route zur Arbeit ohne Wegleitsystem nichts passiert. Da ich heute, aufgrund der Abwesenheit meiner Freundin, zu der Unterhose mit den blauen Elefanten greifen musste, käme eine Fahrt ins Krankenhaus einem gesellschaftlichen Selbstmord gleich. Dabei hat meine

Mutter mir schon früh eingeschärft: »Ziehe dir ordentlische Schlübber an. Wenn dir was bassiert, soll der Nodarzd nich dengen, mir wärn Assis.«

Meine Poren öffnen sich wie Blüten und ich habe das Gefühl, ich werde durch die getönte Scheibe der Straßenbahn hindurch sogar etwas braun. An meiner Zielhaltestelle erschließt sich eine mir völlig neue Einkaufsgegend. Ein Kiosk, ein Klamottenladen, ein Solarium und eine Bäckerei, die mich mit ihrem Duftcocktail aus Frischgebackenem ins Innere lockt. Normalerweise frühstücke ich nie, aber da heute der große Tag der Veränderung ist, kann ich mit meinen beim Schwarzfahren gesparten Münzen die Wirtschaft ankurbeln. In der Bäckerei arbeiten zwei vom Karussell des Lebens abgeworfene Frauen, die sich mit ihrer aufgesetzten guten Laune das Schicksal kunterbunt zu färben versuchen.
»Ein Käsebrötchen und ein Schokocroissant bitte«, sage ich zu der ungeschminkten Halbtagskraft, die so aussieht, als würde sie jeden Tag ein großes Stück Hefe lutschen.
»Käse und Schoko für den Mann mit dem Hut«, ruft sie der anderen zu. Beide lachen sich schlapp.
Hä? Ich trage keinen Hut. Sollte das ein Witz sein? Ich finde das nicht lustig, die Schrippenhühner hingegen schlagen sich abwechselnd auf die Schenkel. Aber weil ich gut gelaunt bin, lasse ich mich nicht lumpen und kontere mit bescheidenem Hausfrauenhumor.
»Sie können das ruhig in EINE Tüte packen, im Magen müssen sich die beiden auch miteinander vertragen.«
»Entschuldigung?«, kommt es zurück.
Anscheinend hat sie Semmelbrösel in den Ohren.
Ich wiederhole mich, obwohl der kleine Gag damit dem

Untergang geweiht ist: »Ich sagte, dass Sie das Käsebrötchen und das Croissant ruhig in EINE Tüte stecken können, die sind später im Magen eh zusammen.«
Keine Reaktion. Die Verkäuferinnen schauen sich fragend an, die Oberschrippe zuckt mit den Schultern und schaltet die letzte Leuchte aus.
»Zwei Euro genau.«

Ich schnappe mir die Tüte und verschwinde. Die haben doch einen Knall. Ich laufe zügig ins Büro und lasse meine schlechte Laune am degenerierten Prekariat aus, indem ich meine zwei Praktikanten mit der Frage nach der Gründung eines Betriebsrates in das Büro meines cholerischen Chefs schicke. Beide haben nur leichte Verletzungen davongetragen.

Das Wetter des nächsten Tages gestaltet sich ähnlich einladend und die U-Bahn-Schächte Berlins haben auf mich plötzlich so viel Anziehungskraft wie die Unisex-Toilette vom Berghain. Ich nehme wieder die Straßenbahn. Eine Omi bedankt sich nett, als ich ihr meinen Platz anbiete, eine Emo-Tussi scheint mich süß zu finden und lächelt mich an. Der Tag läuft. An der Bäckerei vom Vortag halte ich kurz inne und lege mir eine Portion Schlagfertigkeit zurecht. Ich gebe dem Laden eine zweite Chance. Man soll den Einzelhandel schließlich fördern – auch was den Humor betrifft. Hinter der Theke stehen die beiden Tortenmuttis von gestern. Die eine bedient gerade einen Kunden und die andere sortiert kleine Preiskärtchen auf der Theke, die sie nach und nach den jeweiligen Kuchensorten zuordnet.
»Sie haben es gut, Sie können während der Arbeitszeit Memory spielen.«

Ein Raketen-Gag! Ich bin stolz, schließlich ist es erst 8:30 Uhr morgens.
»Wie bitte?«, raunzt es zurück.
Ich lege noch eine Granate oben drauf: »Hm, das sieht alles so lecker aus. Am liebsten würde ich von allem mal probieren. Da empfehlen Sie mir bestimmt eine Rumkugel, oder?«
Ich bin in Hochform und grinse wie der Junge von der Kinderschokolade. Die beiden schauen mich fragend an.
»Na, weil doch in der Rumkugel immer von allem die Reste … Ach egal, ein Käsebrötchen und ein Schokocroissant bitte.«
Ich bin angepisst bis zum Rand. Meine Halsschlagader pulsiert unter meinem Kragen und kiloschwere Gewichte versuchen, mir mein höfliches Lächeln aus dem Gesicht zu ziehen.
»Zwei Euro bitte, auch ohne Hut.« Die Bäckerinnen brechen in schallendes Gelächter aus. Hä?! Ich schaue mich um, ob ich irgendwo spiegelverkehrte Schrift entdecke. Ich habe mal in einem Film gesehen, dass im Paralleluniversum die Leute spiegelverkehrt lesen und anscheinend befinde ich mich hier im Paralleluniversum der Witzepolizei. Die beiden kichern und schluchzen. Ich knalle das Zweieurostück auf die Glastheke und verpisse mich. Beim Rausgehen kommt mir ein Typ entgegen, der mir erschreckend ähnlich sieht. Er hat sogar fast die gleiche Jacke an wie ich. Einziger Unterschied ist, dass er einen dunklen Hut trägt. Er marschiert freudestrahlend auf die Verkäuferinnen zu, breitet die Arme aus und ruft: »Morjen, Claudi, morjen, Ruth. Käse und Schoki für den Mann mit dem Hut.« Alle lachen und feiern sich. Ich verlasse kopfschüttelnd den Berliner Humor.

Den Rest dieser unsäglichen Woche ohne Marianne reise ich wieder unter der Erde, denn da will keiner lustig sein. Da ist man anonym. Da halten alle schön die Klappe und glotzen auf ihr Telefon oder in ihr Dan-Brown-Buch. Und ich hoffe sehr, meine gebräunte Haut wird auch wieder weiß.

An der Ostfront

Hat man als Kind noch gerne jede freie Minute in den schützenden Armen seiner Eltern verbracht, so scheint einem im späteren Leben die Nähe zum familiären Nest mehr eine soziale Verpflichtung denn eine ehrliche Freude zu sein. Man darf das nicht falsch verstehen, ich liebe meine Eltern, aber eben eher so, wie ich einen mit der Zeit lieb gewonnenen Tick an meiner Freundin Marianne mag. Zwischen Berlin und Leipzig liegen gerade einmal 200 Kilometer, dennoch beschränken sich die Besuche bei meinen Eltern auf zwei bis drei jährliche Stippvisiten. Hinzu kommt, dass ich viele Jahre bei meiner Großmutter gelebt habe, weil es dort mehr Schokolade und Liebe gab und weil ihre Gutmütigkeit es zuließ, dass man mitten in der Nacht noch Bratkartoffeln mit Spiegelei bestellen konnte.

Meine Eltern wohnen in einer Bauhaus-Siedlung in Leipzig. Bauhaus ist hier wirklich Programm. Form follows function. Die Form soll sich von der Funktion ableiten. Das kann man wohl sagen. Es gibt weder Schrägen, Giebel oder Erkerzimmer, weder Verzierung noch Schmuck oder Dekoration. Zumindest außerhalb der Wohnung. Im Inneren gestaltet sich die Lage hingegen völlig anders. Meine Mutter besitzt die wahrscheinlich umfangreichste Sammlung von Fröschen weltweit. Frösche – wohin man sieht. Frösche aus Porzellan in den Regalen, auf dem Badewannenrand und in der Küche; Frösche aus Terrakotta, aus Holz, aus Kunststoff, aus Plüsch und aus China. Frösche einfach überall. Und da meine Mutter felsenfest davon überzeugt ist, noch wahnsinnig jung und stylish zu sein, hat sie sich natürlich auch einen Frosch tätowieren lassen müssen. Ich halte diese Tatsache für den Grund, dass ich ein Einzelkind bin, denn immer in den Momenten, in denen mein Vater die überreife Kirsche der Lust pflücken möchte, sorgt ein tropischer Giftpfeilfrosch auf dem Dekolleté meiner Mutter – das im Übrigen aussieht, als hätte man Butterbrotpapier zusammengeknüllt und wieder aufgefaltet – für eine Interruption der Leidenschaft. Wobei man aber auch davon ausgehen kann, dass mein Vater mittlerweile kein großer Kirschenfreund mehr ist. Er ist ein imposanter Mann, in dessen Gegenwart man stets im Schatten steht. Allerdings nur körperlich, denn mein Vater spricht nicht besonders viel, was nicht daran liegt, dass er nichts zu sagen hätte – im Gegenteil. Nur ist es eben so, dass spezifisches Ingenieurwissen selten einen interessierten Abnehmer findet. Meine Mutter hingegen hat zu jedem Thema etwas zu sagen und zu allem eine Meinung, besonders in Bereichen, die ihr inhaltlich nicht ausreichend geläufig sind.

Marianne und ich betreten zum ersten Mal gemeinsam die Wohnung meiner Eltern. Es ergab sich bisher nicht die Gelegenheit, die beiden Parteien zusammenzubringen. Zum einen, weil das Verhältnis zu meinen Eltern nicht in derartige Ebenen meines Gefühlslebens vordringt, und zum anderen, weil eine Konfrontation meiner weiblichen Bekanntschaften mit diesen speziellen Exemplaren zu vorzeitigen Trennungen führen kann. Obendrein kann sich meine Mutter keine Namen merken. Meine Ex sprach sie auch nach dem bereits dritten Treffen mit dem Namen meiner Ex-Ex an.

»Hallo, Mama, das ist Marianne. Marianne, das ist meine Mutter«, stelle ich die beiden einander vor.
»Gudn Daach, das is abor scheen, dass mir disch ma gennlern. Kannst – du – verstehen – gut? Du – Bügel – für – Jacke?«, bemüht sich meine Mutter in der Annahme, Marianne hätte aufgrund ihrer französischen Herkunft sprachliche Defizite.
»Ähm, Mama, Marianne spricht sehr gut Deutsch und selbst wenn nicht, wäre es bestimmt nicht hilfreich, alle Artikel und Beugungen wegzulassen.«
»Isch hab's doch eischentlisch nur gud gemeint.«
»Gut gemeint« ist der zweite Vorname meiner Mutter.
»Kein Problem, Frau Kindervatter, isch finde das sehr zuvorkommend«, sagt Marianne höflich.
»Mir haddn nämlisch ma ne russ'sche Butzhilfe. Und da musste man offbassn, dass die alles rischt'sch versteht. Die hadde schon ma mitm Bohnerwachs das Geschirr gebutzt.«
»Marianne möchte hier aber nicht als Reinigungskraft anfangen, Mama«, kommentiere ich.
»Reischt ja och, wenn se deine Bude schrubbm muss, ne?« Meine Mutter lacht. Der Blick Mariannes ist die finale Bestätigung für die Vorahnung, die ich bereits die ganze Woche mit mir rumschleppte. Das Treffen wird ein skurriles Unterfangen.
»Wo is'n Papa?«, frage ich.
»Der is im Gellor und bastelt irschendewas, der gommt gleisch.«

Wir setzen uns ins Wohnzimmer und Marianne bewundert mit leicht geöffnetem Mund die Frosch-Dekoration. Meine Mutter steht auf, um ein paar weitere Frösche zu holen, die sie Marianne zeigen möchte. Ich versuche, sie zu bremsen.

Aber Marianne ist derart höflich, dass sie sich jeden Frosch ansieht, als wäre er eine Skulptur von Giacometti.
»Lass doch, die Frösche sind sehr süß. Mein Vater ist auch leidenschaftlischer Sammler. Er sammelt Partituren klassischer Komponisten. Mansche sind sehr wertvoll, er 'at sogar eine 'andgeschriebene musikalische Notiz von Franz Liszt aus dem Jahr 1831«, meint Marianne.
»Mmh, also mein wertvollsdes Exponad is der hier von der span'schn ›Las Ranopla‹-Serie von 1993, abor leidor fehld ihm ä Schliddschuh.« Meine Mutter hält eine angekaute Überraschungsei-Figur aus meiner alten Spielekiste hoch. »Isch meene, da gibt's jetz zwar geen Geld dafür, abor da häng halt viele Erinnerungen dran.«

Mein Vater betritt das Zimmer. Marianne steht auf. Er reicht ihr seine hornhäutige Pranke und begrüßt sie mit: »Gudn Daach och. Schuldschung, isch war noch im Gellor beim Lödn von dem aldn Radscho.«
»I'm sorry?«, antwortet Marianne.
Ja – das passiert meinem Vater öfter. Sein sächsischer Dialekt ist derart stark, dass ihm Menschen gelegentlich auf Englisch antworten. Was zu weiteren Missverständnissen führt, da er wiederum kein Englisch spricht.
Ich übersetze für Marianne ins Hochdeutsche: »Er hat sich nur entschuldigt und gesagt, dass er noch an einem Radio gebastelt hätte.«
»Ach, sprischt se geen Deutsch?«, fragt mein Vater.
»Doch, Papa, aber du nicht.«

Nach gerade einmal vier Minuten dieses Treffens schlage ich das erste Mal die Hände über dem Kopf zusammen und versuche, schnellstmöglich aufs Thema Essen zu len-

ken, der wahrscheinlich einzigen Gemeinsamkeit der anwesenden ethnischen Gruppen. Meine Mutter drohte mir bereits vor Tagen, ein angemessenes Mahl zu zaubern. Eigentlich esse ich nicht so gerne außerhalb meiner eigenen vier Wände. Zum einen, weil ich am liebsten selbst koche, dann weiß ich auch genau, woher die Zutaten kommen, und zum anderen, weil ich dadurch die Kalorienzufuhr meiner Freundin steuern kann. Nicht dass sie das nötig hätte – ganz im Gegenteil. Nur, wenn man eine Beziehung langfristig plant, dann am besten mit allen Konsequenzen und dazu zählt eben auch die körperliche Beschaffenheit der Partnerin. So hatte ich meiner Mutter vorab mitgeteilt, dass sie eigentlich nichts kochen müsse, weil Marianne und ich im Moment gerade eh etwas mäkelig wären und dass Leipziger Allerlei mit Mettwurst und Salzkartoffeln nicht das Richtige wäre.
»Nee, bei so nem wischt'schn Dreffn mach'sch doch geen Leipz'scher Allerlei. Isch habe französ'sch gegocht. Das wird eusch gefalln.«

Französisch gekocht? Meine Mutter kann ja noch nicht einmal richtig deutsch kochen. Das einzige Gericht, das mir spontan einfällt, welches sich aus der sächsischen Küche ins Französische übersetzen ließe und das ich den Kochkünsten meiner Mutter zutraue, wäre eine Zwiebelsuppe.
Wir setzen uns an den Esstisch. Meine Mutter serviert ein paar gefüllte Sektgläser. Sie selbst würde das Prickelwasser ja nicht mögen, aber die Franzosen tränken ja den ganzen Tag nichts anderes. Wir stoßen an.
»Off eusch, den heut'schn Amnd und dass mir irschendewann och ma mit eem Enkl hier sitzn«, prostet meine Mutter in die Runde.

Marianne blickt zu mir. Ich verschlucke mich am Champagner und huste heraus: »Was denn für ein Enkel?«
»Früher hädde man gesacht, de Maria wäre spätgebärnd. Sie iss ja och schon äldor als fümnzwansch und übor disch brauchn mir gor nich redn.«
Marianne versucht abzulenken. »Mmh, schmeckt schön süß. Was ist das?«, sagt sie mit leicht verkniffenem Gesicht.
»Spätgebärend? Dir ist doch hoffentlich klar, dass Honecker nicht mehr im Amt ist. Und ich weiß auch nicht, ob das der richtige Zeitpunkt ist, um solche Sachen zu besprechen. Vielleicht sollten sich hier erst mal alle richtig kennenlernen. Und wenn dann etwas Zeit vergangen ist, planen wir die Vermehrung. Außerdem heißt sie nicht Maria, sondern Marianne. Und ja, was trinken wir hier überhaupt? Das ist doch nie im Leben Champagner!«
»Weeste, was so 'ne Flasche Schampanja gosdet?«, kommentiert mein Vater. »Das is Asdi.«
»Na, da können wir ja froh sein, dass niemand von uns Diabetiker ist«, sage ich und trinke den restlichen Spumante auf ex.
»Wann gibtsn Essn?«, fragt mein Vater.

Meine Mutter geht in die Küche und alle Zurückgebliebenen atmen einmal tief durch. Als sie wiederkommt, trägt sie zwei große Vorspeisenplatten. Auf der einen liegen große Scheiben einer groben Leberwurst, daneben je ein Häufchen Marmelade. Auf der anderen kann ich Stücke einer gekochten Schweineschwarte ausmachen.
»Was zum Henker ist das?«, frage ich meine Mutter, unterstützt von einem entgeisterten Blick meines Vaters.
»Das eene is Gänseläborpasdede mit Mormelade und das andre nenne isch ›falsche Austern‹«, antwortet meine Mutter.

»Mama, das ist keine Foie gras, das ist Leberwurst mit Erdbeermarmelade.«
»Isch war bei zwee Metzgorn, die haddn geene rischt'sche Gänsestopfläbor, da habsch die Grobe vom Galb genomm. Und da gibt's laut französ'schm Gochbuch immor Feischn-Gonfidüre dazu, abor die haddn se nich im Gonsum, da habsch ämde imbrovisiert.«
»Und die falschen Austern sind Eisbeinstücke, sehe ich das richtig?«
»Mit eschdor Zidrone! Na, isch dachde, dass wenischsdens die Gonsisdenz stimmt. Jetz mägle ma nich rum du, sonst gochsde 's näschsde Ma gefällischst selbor.«
Mein Vater ist der Erste, der sich traut und zwei falsche Austern isst, danach direkt noch drei weitere. Meine Mutter schmiert sich die Leberwurst auf eine Scheibe Brot, verteilt darüber einen Löffel Erdbeermarmelade und grinst mich an. »Guten Appetit«, sage ich die Arme verschränkend und schaue meiner Mutter erwartungsvoll zu. Aber sie verzieht keine Miene und schiebt sich direkt noch eine falsche Auster hinterher. Marianne tritt mich unter dem Tisch, nimmt sich eine Scheibe Brot und tut es ihr gleich. Ich beschließe, die Marmelade lieber wegzulassen und austerntechnisch abstinent zu bleiben, esse ich doch sonst noch nicht einmal die echten.
»In Frankreisch benutzen wir ein deutsches Wort für nachgemachte Lebensmittel wie falsche Austern. Wir sagen oft ›Ersatz‹«, smalltalked Marianne.
»Son Gäse«, protestiert mein Vater.
»Doch, es gibt noch viele andere Wörter wie: le Weltanschauung, le Blitzkrieg oder la Zuckerwatte.«
Meine Eltern schauen mich an, als erlaube sich Marianne einen merkwürdigen Scherz.

»Sie hat recht. Umgekehrt gibt es ja auch viele französische Wörter im Deutschen, sogenannte Gallizismen wie Kotelett, Amuse-Gueule oder Muckefuck. Muckefuck ist nämlich abgeleitet von ›Mocca faux‹ für ›falscher Kaffee‹.«
»Na, da häddsde ja och Godlädd machn gönn, wenn das französ'sch is«, sagt mein Vater zu meiner Mutter.

Stattdessen gibt es tatsächlich eine Zwiebelsuppe, die mehr nach Brühe-Pulver als nach Zwiebel schmeckt. Wäre mir das mit den Gallizismen früher eingefallen, hätte ich aus dem spärlichen Rezeptoire meiner Mutter lieber Rouladen, Frikassee oder Ragout fin bestellt. Wenigstens ist die Stimmung durch die Wortspielereien etwas im grünen Bereich. Die Damen tauschen Begriffe aus und mein Vater löffelt still die Suppe in sich hinein. Ich beobachte ihn dabei und er scheint zwischen uns mutterseelenallein zu sein – übrigens auch ein Gallizismus.
»Stimmt's?«, fragt mich meine Mutter.
»Was bitte?«
»Na, dass du als gleenes Gind immor von Zwiebelsubbe gebubst hast. Und nich nur von der Subbe.«

Toll. Jetzt geht das los. Gleich holt sie die Fotoalben und dann folgt als Highlight die Geschichte mit meiner Vorhaut und dem Babyöl. Und schon erzählt sie, dass mein Penis heute nur so gut funktioniert, weil sie nach Arztanleitung alles immer schön eingeölt hat. Ich sehe, wie sich meine Beziehung und die dazugehörige erotische Spannung zwischen Marianne und mir, die ich stets zu bewahren versuchte, in Einzelteile auflösen wie eine Pusteblume.
Marianne lacht. Amüsement und Verlegenheit geben sich bei ihr die Klinke in die Hand, bei mir beschränkt es sich

auf hochkonzentrierte, lupenreine Scham. Obwohl ich es eigentlich gewohnt sein sollte, denn die tadellose Funktion meiner Vorhaut ist dank meiner Mutter bereits meinem kompletten Freundes- und Kollegenkreis bekannt.

Mein Vater hat sich wieder in den Keller verabschiedet, das alte Minetta-Radio – eine Art Volksempfänger für DDR-Bürger – sei ja noch gut und man müsse nicht alles wegwerfen, nur weil es aus dem Osten ist. In den Achtzigern versuchte er, durch hintereinandergeschaltete Empfangsverstärker den Sender RIAS-Berlin zu empfangen. Seitdem funktioniere das Gerät aus, wie er sagt, unerfindlichen Gründen nicht mehr, aber er würde kurz vor der Lösung stehen. Hätte er damals bei seiner empfangsverstärkenden Aktion gewusst, dass Honecker Störsender aufstellen ließ, hätte er sich das zeitaufwendige Gebastel sparen können. Ich überlege immer, wenn ich ihn sehe, ob ich ihm sagen soll, dass es bald kein analoges Radioprogramm mehr geben wird und dass er dann wieder 20 Jahre Zeit hätte, den alten Kasten auf digitalen Empfang umzurüsten. Vielleicht sollte ich mir auch so ein unendliches Projekt suchen, quasi als Ausgleich zu meiner Beziehung. Die Ehe meiner Eltern hält schließlich bereits seit über 30 Jahren, was aber vielleicht auch daran liegen mag, dass die beiden in einem Jahr gerade einmal so viel miteinander reden, wie Marianne und ich während einer gemeinsamen Autofahrt.

Nachdem jeder Versuch scheitert, dies zu verhindern, drückt uns meine Mutter zwei Tupperdosen voller falscher Austern und Zwiebelsuppe in die Hand. Und als wir uns im Treppenhaus verabschieden, zeigt sie mir den Schumacher-Daumen, der heute Facebook-Daumen heißt. Sieht aus, als sei sie froh über meine Beziehungsentscheidung und dass ich mal eine Freundin habe, die in ganzen Sätzen spricht.

»Puh«, sage ich zu Marianne im Auto, »das wäre geschafft.«
»Ach was, deine Eltern sind doch sehr nett. Sei nischt so. Sag mal«, Marianne zögert etwas, »wie viel Zeit vergeht denn noch?«
»Bis was passiert?«, frage ich.
»Na, bis zu unserer Vermehrung, wie du so schön gesagt 'ast«.
Plötzlich rast mein zukünftiges Leben in einer Sekunde an meinem inneren Auge vorbei. Das neue Auto, der neue Computer, der Kanada-Trip werden wie Herbstblätter von einem Orkan vom Baum meines Lebens weggerissen.
»Vielleicht sollten wir noch einmal ausgiebig darüber reden und unsere finanzielle und berufliche Situation einfließen lassen. Eigentlich haben wir doch noch etwas Zeit?«, versuche ich, ihr den Wind aus den Segeln zu nehmen.
»Gut, aber dann will isch ein 'austier, oder isch nenne disch ab 'eute ›Pupsi‹.«
Ich bin begeistert. Meine Mutter hat giftige Samen in meine naiv-ignorante Idylle gepflanzt und die Wurzeln schlagen sofort aus. Und wie bei allen Dingen, die in ungewisser Zukunft liegen, wird sich zeigen müssen, ob daraus Sonnenblumen oder Disteln wachsen.

Childrenfather

Was meine Eltern sich damals dabei gedacht haben, als sie ihrem ostdeutschen Nachwuchs den Namen Benjamin gaben, während alle anderen Pioniere um mich herum unauffällige Namen wie Maik, Ronny oder Steve tragen durften, war mir als Kind ein absolutes Rätsel. Lange Zeit ging ich davon aus, dass sie sich an mir für ihre eigenen Namen Konrad und Kirsten Kindervatter rächen wollten. Meine Eltern sind der Inbegriff der namentlichen Alliteration mit »K« und werden von ihren Freunden immer nur »K und K« oder »Ku-Klux-Klan« genannt.
Aber vielleicht wollten sie mir auch etwas Gutes tun. Ich redete mir irgendwann ein, dass man mich nach großen Männern der Weltgeschichte wie Benjamin Franklin oder Benjamin Britten benannt hatte. Damit konnte ich gut leben und es war meine Kontermunition, wenn man auf dem Schulhof versuchte, mir mit Reimen wie »Benjamin hat nichts anzuzieh'n« oder »Benjamin hat 'nen Spleen« an der Ehre zu kratzen. Der hirnamputierte Walter aus meiner Klasse meinte einmal, dass diesen Franklin überhaupt niemand kenne. Seine Eltern hätten ihn nach dem großen Helden der Arbeiterbewegung Walter Ulbricht benannt und meine Eltern hätten mir den Namen eines gezeichneten, fetten Elefanten aus dem Westen gegeben. Ich wehrte mich mit einer spontanen Entfernung seiner prominentesten Milchzähne und erklärte ihm, dass die Erfindung des Blitzableiters bedeutender für die Menschheit gewesen sei

als der antifaschistische Schutzwall. Als meine Mutter mich aus dem Zimmer des Direktors abholte und mich fragte, was ich mir dabei gedacht hätte, erzählte ich ihr von der Bürde meines Namens, dem Leid, das er mir brächte und der damit verbundenen Verzweiflung. Doch ich begegnete völliger Verständnislosigkeit.
»Jetz spinne nich rum! Wie würdst'n du disch nenn?«, fragte sie, als sie mich am Handgelenk über den Schulhof zerrte.

Ehrlich gesagt war ich der Idee, sich in einem gewissen Alter selbst einen Namen zu geben, stets zugetan. Ähnlich dem aktuellen Trend, seinen Kindern die Wahl ihrer Konfession zu überlassen. In den ersten bewusst wahrgenommenen Jahren meines Lebens orientierten sich meine Vorstellungen dabei an kindlichen Idolen wie Lolek und Bolek, Pittiplatsch oder den Abrafaxen, später an meinen musikalischen Jugendschwärmereien: Jackson, Elvis oder Frank. Frank, aber bitte wie in Frank Sinatra und nicht wie in Frank Schöbel.
Dass meine Traumnamen in Verbindung mit meinem Nachnamen Kindervatter etwas merkwürdig klangen, wurde mir erst als Teenager so richtig klar. Pittiplatsch Kindervatter oder Elvis Kindervatter, das kam überhaupt nicht so cool daher, wie ich es mir wünschte, selbst dann nicht, wenn man den Nachnamen englisch aussprach. Die Wunschnamen, die mit meinen späteren Lebensabschnitten einhergingen, konnten aufgrund ihres phonetischen Charakters ebenso wenig einen Preis gewinnen. Fidel Kindervatter, Nelson Kindervatter oder Mahatma Kindervatter mochten ein politisches Statement beinhalten, schienen mir im Endeffekt aber mehr spöttische Angriffsfläche für meine Mitschüler zu bieten als der olle Benjamin, der nichts anzuziehen hatte.

Eine Zeit lang habe ich mich mit meinem Namen einigermaßen arrangiert. Er hat ja auch seine Vorteile. Er ist leicht zu merken und bietet einen gewissen Basisstoff bei zielorientierten Gesprächen mit Mädchen. Auch wenn diese einen Kindervatter – vor der gesellschaftlichen Liberalisierung des Namensrechts – nie im Leben geheiratet hätten. Wenn man selbst von den Nebenwirkungen eines merkwürdigen Namens betroffen ist, möchte man, dass die eigenen Kinder es in ihrem Leben leichter haben, und so fängt man in einer Beziehung oft viel zu früh an, sich über die Bezeichnung des eventuellen, fiktiven, theoretischen, gemeinsamen Nachwuchses Gedanken zu machen – ganz hypothetisch, versteht sich.

»Also, wenn es ein Junge wird, 'eißt er mit erstem Namen Hugo und ein Mädschen 'eißt Camille«, bestimmt Marianne.
»Kamille Kindervatter«, sage ich trocken.
»Na, sie braucht schon einen französischen Nachnamen, damit es nischt so komisch klingt. Sie kann ja auch meinen Nachnamen bekommen. Das geht doch 'eutzutage.«
»Und ich darf dann aber wenigstens den zweiten Vornamen bestimmen?«, frage ich.
»Als zweiten Namen nimmt man natürlisch den der Großeltern. Isch bin katholisch. Wir 'aben Traditionen.«
»Aber ich bin nicht katholisch«, entgegne ich mutig.
»Isch weiß«, grummelt es zurück, »aber Camille wird katholisch.«
»Ich, Benjamin Kindervatter, Atheist und Ossi, habe also dann eine französische, katholische Tochter mit dem Namen Kamille Kirsten Rameaux? Wie sollen wir das dem Jugendamt beibringen, geschweige denn meinen Eltern?«

Marianne überlegt.
»Wenn bei eusch die Namen alle so bescheuert klingen, dann müssen wir eben in Frankreisch leben. Fin. Ganz einfach.«
»In Frankreich? Und wie soll ich dort heißen? Vielleicht Ginderfattör?«
»Du nimmst einfach den Namen meiner Familie an, wenn wir 'eiraten. Benjamin Rameaux – das klingt doch toll. Obwohl isch glaube, dass du disch taufen lassen musst, aber das machen wir schon. Du 'ast disch doch immer beschwert über deinen Namen – so sind am Ende alle glücklisch.«

Mir wird etwas schwummrig und ich muss mich setzen. Vor meinem inneren Auge spielen sich katastrophale Situationen ab. Ich höre, wie meine ehemaligen Klassenkameraden mir bei meiner Taufe »Benjamin Rameaux – muss oft aufs Klo« zuflüstern, während mir Weihwasser über den Kopf gegossen wird. Mir war bisher nicht klar, was ein fiktives, hypothetisches Kind für Kollateralschäden mit sich bringt. Ich bin gerade einmal Mitte dreißig und soll jetzt schon heiraten und außerdem ins skurrile Ausland ziehen, um den Namen eines metrosexuellen, katholischen Fitnesstrainers tragen zu können. Und alles nur, damit Kamille nicht gehänselt wird?
Ich steuere dagegen: »Das Kind könnte ja auch einen deutschen Vornamen haben. Zum Beispiel den einer wichtigen Person der Zeitgeschichte, so wie bei mir. Dann müsste man nur noch deinen Vornamen eindeutschen. Marianne klingt doch sehr hip, sogar ein bisschen trendy und alle wären glücklich.«
»Isch dachte, du 'eißt wie dieser Baum«, sagt Marianne.
»Hä? Welcher Baum?«

»Oh, das sollte isch dir eigentlisch nischt sagen, aber deine Mutter ’at mir erzählt, dass dein Onkel deinen Eltern zur ’ochzeit so einen kleinen Baum geschenkt ’at und dass sie so auf den Namen gekommen sind.«

»Du meinst einen Benjamini!? Einen Ficus Benjamini!?«, schlussfolgere ich entgeistert.

Marianne grinst und nickt. Ich heiße wie eine Zimmerpflanze? Wie eine Birkenfeige? Ich, ein Maulbeergewächs? Ich gehe in die Küche und hole mir einen Schnaps. Da wäre ich ja mit Pittiplatsch glücklicher gewesen. Der ist wenigstens fast so etwas wie ein Mensch. Der ist eine Persönlichkeit. Ich beschließe, es mit meinem Vornamen wie mit meiner Konfession zu handhaben, und lasse ihn ab heute einfach weg. Des Weiteren teile ich Marianne nach dem doppelten Wodka kategorisch mit, dass im Falle einer Familienvergrößerung das Kind einen französischen Vornamen bekommt und wir alle nach Berlin-Marzahn ziehen. Da wachsen Kinder mit Namen wie Guillaume Müller oder Cécile Fockenbrecht unbehelligt auf und dort ist bestimmt auch Platz für eine Kamille Kindervatter.

Multikulti

Das Innere des Berliner S-Bahn-Rings mit seinen berühmt-berüchtigten Stadtteilen Friedrichshain, Kreuzberg, Neukölln oder dem Prenzlauer Berg ist ein ganz besonderes, kosmopolitisches Biotop, das innerhalb Deutschlands seinesgleichen sucht. Man muss schon in andere Metropolen reisen, um eine ähnliche Stimmung erleben zu können. Aber selbst in Soho, im Marais oder im Meatpacking District scheint die Bevölkerung mit den dortigen Verhältnissen derart unzufrieden zu sein, dass sich viele auf Pilgerreise an die Spree begeben, um das zu suchen, was in London, Paris und New York in ihren Augen längst verloren gegangen ist.

Ich sitze mit zwei Jungs in der Bahn auf dem Weg nach Mitte und frage Yago, der vor zwei Jahren von Madrid nach Neukölln zog, was ihn eigentlich nach Berlin verschlagen hat. Weil hier diese legendären WG-Partys stattfinden, meint er, bei denen das komplette Mobiliar ins Treppenhaus gestellt wird, etwa 300, größtenteils fremde Menschen eingeladen werden und eine Band im Wohnzimmer spielt. Das Ganze eskaliert dann meistens derart, dass die Polizei irgendwann nach Sonnenaufgang nackte Spanier oder Iren vom Dach holen muss.

»Dir ist schon klar, dass es in ganz Berlin keinen einzigen Einheimischen gibt, der solche Partys veranstaltet? Vielleicht mal ein Grillfest mit 20 Freunden, das war's dann aber auch«, mischt sich Thomas ein, den wir alle Charlie nennen, da er als Einziger aus unserer Clique in Charlottenburg wohnt. Charlie ist nicht nur Deutscher, er ist sogar ein waschechter Westberliner. Eine vom Aussterben bedrohte Art im Inneren des S-Bahn-Rings. Und er bestätigt auch eines der Hauptklischees, das vielen gebürtigen Berlinern anhaftet: Er hat keinen Schimmer von der Szene. Schokoladen, Cassiopeia, Fuchs & Elster, Roter Salon, White Trash, manches schon mal gehört, aber nie dort gewesen. Für Charlie ist Berlin eine ganz normale Stadt, daher bevorzugt er auch die ganz normale Abendgestaltung mit Stammkneipe, Brettspielen und Kinogängen. Keine Ahnung, wie wir zu dem gekommen sind.

Ich pflichte Charlie bei: »Du hast recht, die Einzigen, die ihre Kreuzberger Wohnungen derart zerrocken, sind die, die es als Migranten mit Partyhintergrund hierher verschlagen hat. Ein Teufelskreis.«

Aber keiner von uns bewertet dies in irgendeiner Weise negativ. Ganz im Gegenteil, schließlich leben wir drei alle in einer Konstellation, die sich als Randerscheinung einer bunten Metropole ergibt – einer interkulturellen Liebesbeziehung. Charlie ist mit Amra, einer Studentin aus der Mongolei, zusammen und Yago, bei dem es vom Exotikfaktor her bereits ausreichen würde, mit einer Deutschen liiert zu sein, ist bei seiner vietnamesischen Freundin Bian eingezogen. Nicht, dass wir uns diese binationalen Beziehungen ausgesucht hätten, es ist einfach so passiert. Zu DDR-Zeiten wäre es wohl kaum dazu gekommen. Man pferchte die wenigen Fremden aus den sozialistischen Bruderstaaten, die damals offiziell »Vertragsarbeiter« genannt und inoffiziell als »Fidschis« und »Neger« bezeichnet wurden, in unbequeme Wohnheime und ließ sie für Billiglöhne

Klamotten nähen oder in Schlachthöfen schuften. Keine Ahnung, ob sich dafür jemals einer entschuldigt hat. Gegenseitiges Kennenlernen oder Austauschen war untersagt und so blieb man die meiste Zeit unter sich und spekulierte über das Wesen der seltsamen Brüder und Schwestern – ein perfekter Nährboden für Vorurteile und Ablehnung, der sich bis heute in so manchem Stammtischgespräch und Wahlergebnis widerspiegelt. Ich hatte damals ein einziges Mal zu einem fremdländischen Jungen Kontakt. Besser gesagt: Vollkontakt – denn ich prügelte mich mit ihm. Nicht, weil er Kubaner war, sondern weil er beim Fußballspielen Beinscheren einbaute, um an den Ball zu kommen.

»Wie läuft es eigentlich mit Marianne?«, fragt mich Charlie.
»Sehr gut«, sage ich, »also, zumindest auf Gefühlsebene. Ist halt teuer mit einer Frau aus Paris, die meint, dass man hier nichts kaufen könne, weil die Qualität der Produkte schlechter sei. Bei uns wird echt alles, was wir im Haushalt benötigen, importiert. Kleidung, Shampoo, Putzmittel, Würste, Konserven, Bücher, Käse … wir kriegen jeden Tag Päckchen von irgendwelchen französischen Online-Shops. Vor ein paar Wochen waren wir zum Geburtstag unserer DHL-Botin eingeladen. Ein Wunder, dass die noch keinen eigenen Schlüssel zu unserer Wohnung hat.«
»Das kenne ich«, meint Yago. »Wir fahren jede Woche ins Dong Xuan Center und kaufen kiloweise Pak Choi und Innereien.«
»Hör mir auf mit Essen, letztens hat Marianne so einen komischen Chicorée-Auflauf gemacht. Und als ob das Zeug nicht schon bitter genug wäre, hat sie das Ganze noch mit einem Rotschimmelkäse überbacken«, kontere ich.
Charlie hält sich die Hand vor den Mund, Yago legt nach:

»Alter, dir ist klar, dass ich fast jeden Morgen vietnamesische Nudelsuppe essen muss?«
»Du solltest regelmäßig mit Paella gegensteuern«, schlage ich vor.
Die anderen Fahrgäste in Hörweite beginnen zu schmunzeln.
»Und wie ist es bei euren Frauen mit dem Heimweh?«, fragt Charlie.
»Bian ist ja schon mit zehn nach Deutschland gekommen. Da ist mein eigenes Heimweh schlimmer«, antwortet Yago und leitet mit seinem Blick die Frage an mich weiter.
»Na ja, alle paar Monate für 300 Euro nach Paris.«
Charlie grinst und toppt: »Ich sage nur Mongolei, da fliegt man 15 Stunden mit Zwischenstopp für 1500 Euro bis nach Ulaanbaatar und danach geht es noch zwei Tage mit dem Bus bis zu ihrem Heimatdorf weiter.«
»1500 hin und zurück?«, frage ich.
»Für beide nur hin«, antwortet Charlie. »Amra sagt, sie müsse mindestens einmal im Jahr den Horizont sehen. In Berlin gäbe es keinen. Nur Häuser, Autos und Menschen.«
»Da müsst ihr doch nur bis nach Mecklenburg-Vorpommern«, witzle ich.
»Und vom Essen will ich gar nicht erst anfangen«, sagt Charlie. »Habt ihr schon mal Ziege gegessen?«
Yago und ich nicken.
»Und habt ihr schon mal eine geschlachtet?«
Wir schütteln den Kopf. Yago war mal dabei, als ein Huhn geschlachtet wurde, und ich habe bis auf ein paar Insekten eigentlich nie Tiere getötet, na ja, und die paar Dutzend Miesmuscheln, die regelmäßig in unserer Küche ihr Ende finden, seit Marianne eingezogen ist.
»Irgendwie ist es aber auch wie Urlaub«, philosophiere ich.

»Ich meine, ich hatte vorher keine Ahnung von Frankreich und nun kenne ich etliche Franzosen, lerne etwas die Sprache und esse exotisches Zeug, ohne das Haus verlassen zu müssen. Und falls ich doch mal in Urlaub fahre, muss ich nichts für die Ferienwohnung in Paris bezahlen.«

»Hey, da ist ja doch ein Horizont in Berlin – deiner«, sagt Charlie lachend.

»Eigentlich ist das keine schlechte Idee«, mischt sich Yago ein. »Wenn es mit meiner Freundin irgendwann mal nicht mehr läuft, suche ich mir eine aus Litauen oder Polen. Was gibt es in Polen so zu essen?«

Ich lege meine Stirn in Falten und kläre ihn auf: »Yago, die Polen machen Reis in die Kohlrouladen. Das willst du nicht.«

»Ich war noch nie in Südamerika«, sagt Charlie nachdenklich. »Weißt du noch, die Party, auf der ich Amra kennengelernt habe? Da war auch so eine süße Argentinierin.«

»In Sachen Ticketpreise höchstwahrscheinlich ein ähnliches Schnäppchen«, pruste ich heraus.

Lachend und in bester Stimmung steigen wir am Alexanderplatz aus der Bahn, wo Marianne, Amra und Bian bereits am Bahnsteig warten, um uns fürs Kino abzuholen.

Die drei Mädels kichern komisch. Wer weiß, worüber sie sich gerade unterhalten haben?!

Die Rache der schmutzigen Binde

Nur im allerersten Liebesrausch ertrug ich es, dass mir, wenn ich den Kühlschrank öffnete, schwarz vor Augen wurde. Seit Mariannes Einzug lagern dort Käsesorten, die für mein Verständnis klar verdorben sind und deren Herstellung in der Europäischen Union verboten ist. Das erklärt nicht nur die skeptische Haltung der Französin gegenüber dem Völkerbund, sondern auch, warum ich seit geraumer Zeit den Kühlschrank meide und damit die Kontrolle über dieses Haushaltsgerät fast völlig an Frankreich verloren habe. Einmal habe ich dort einen Käse gesehen, der neben dem anscheinend normalen weißen Schimmel auch eine grünlich blaue Ecke aufwies, auf die ich Marianne vorsichtig aufmerksam machte.

»Marianne, ich glaube der Käse da hinten rechts – der hat's nicht geschafft. Der ist nicht mehr nur weiß, das Teil hat auch noch eine türkise Ecke. Soll ich den mal besser wegschmeißen?«

»Bist du verrückt? Käse wird nischt schlescht. Das ist ein Casu Marzu aus Sardinien. Manschmal, wenn man die Packung aufmacht, kommen kleine Tiere 'eraus. Das ist ganz normal«, sprach sie und lachte über meine mangelnde Kenntnis kulinarischer Molkereiprodukte.

Ich mag es nicht, wenn man über mich lacht. Damit ich auch mal meinen Spaß habe, pflanzte ich bereits vor einiger

Zeit ein kleines Trieblein meines eigensinnigen Humors in den binationalen Boden. Marianne spricht ein sehr gutes Deutsch, hat aber hier und da ein paar Vokabellücken in Bereichen, in denen man es nicht erwartet.
Eines Tages hält sie mir einen kleinen Löffel vors Gesicht und fragt: »Wie sagt man dazu auf Deutsch?«
»Teelöffel«, antworte ich ihr. Ich zeige auf das Messer und sage: »Messer«. Sie hält eine Gabel hoch und ich sage: »Binde«.
Ha! Ich verziehe keine Miene. Ohne Verdacht zu schöpfen, schluckt Marianne die Information, sagt noch zweimal »Binde« zu sich selbst und speichert es für zukünftige großartige Momente der Verwirrung.

Wenige Wochen später – ich hatte die Binde schon fast vergessen – fällt sie ihr beim gemeinsamen Essen mit meiner Mutter beim Edelitaliener auf den Boden. Marianne winkt den Kellner zu sich und bittet ihn, das verschmutzte Esswerkzeug auszutauschen.
»Kann isch bitte eine neue Binde 'aben? Meine ist runtergefallen.«
»Entschuldigung?«, fragt der Kellner.
Ich verdecke mein Gesicht mit dem Wasserglas und konzentriere mich darauf, meine Mundwinkel in neutraler Stellung zu halten. Meine Mutter setzt ein interessiertes Gesicht auf und harrt der Wiederholung der Frage, um bestätigt zu werden, dass sie sich verhört hat.
»Sie ist mir runtergefallen und isch möschte nischt mit einer schmutzigen Binde essen. Kann isch bitte eine neue bekommen?«
Ich sprühe den Schluck Wasser fontänenartig wie ein Feuerspucker über das Tischtuch. Meine Mutter überlegt, ob sie

einem Mann Mitte dreißig eine knallen kann. Sie flüstert Marianne das Wort »Gabel«, nebst einer Erklärung für deren Verwendung und dem Unterschied zu einer Binde ins Ohr. Ich lache mich schlapp. Beide werfen mir Blicke zu, als wären sie nordkoreanische Grenzsoldaten.
»War doch nur Spaß«, sage ich, als ich abends mit meinem Bettzeug ins Wohnzimmer ziehe.

Nach einem Blumenstrauß und dem Versprechen, so etwas nie wieder zu tun, hat sich die Wolke über der Rigaer Straße wieder verzogen, allerdings ist mir klar, dass ich ab jetzt vorsichtig sein muss – nicht weil ich ab jetzt besser nur noch Zucker husten sollte, sondern weil Marianne einen ähnlich perversen Humor hat, der nicht nur die Säule unserer Liebe darstellt, sondern auch der Grund ist, warum ich ebenso oft Blumen bekomme.

Einen Monat später hat Mariannes Vater Paul Geburtstag und mein Konto weist mal wieder eine Abbuchung über zwei Tickets nach Paris auf. Ich lerne zurzeit Französisch, wobei man allerdings sagen muss, dass dies aufgrund meiner völligen Unfähigkeit, Fremdsprachen zu erlernen, eher ein phonetisches Auswendiglernen als ein tatsächliches Begreifen ist. Um den Schwiegervater in spe zu beeindrucken, frage ich Marianne nach einer angemessenen Geburtstagsfloskel.
»Bon anniversaire. Qu'est-ce que tu as grossi.«*
Ich bin skeptisch und denke an den Binden-Kracher. Zur Sicherheit schaue ich in mein kleines Notizbuch aus dem Französischunterricht, da ich meine, in der Volkshoch-

* *Alles Gute zum Geburtstag! Du bist aber fett geworden.*

schule schon mal was von »Geburtstag« gehört zu haben. Und tatsächlich, ich habe mir völlig andere Dinge notiert. So leicht falle ich nicht rein, Mademoiselle. Ich baue mir aus den Fragmenten meiner Notizen ein »Alles Gute zum Geburtstag! Ich freue mich sehr über die Einladung« zusammen und lasse Marianne in dem Glauben, ihren wahrscheinlich diffamierenden und todbringenden Schachzug auswendig gelernt zu haben.

In Paris spielt sich wieder das mir bereits bekannte Programm ab: Ich werde bestaunt, umarmt und gekniffen. Ab und zu schnappe ich ein Wort auf, das ich verstehe, und die Geburtstagsmeute begreift recht schnell, dass man, wenn man mich beleidigen will, ohne dass ich es merke, subtilere Mittel einsetzen muss, als lächelnd ein »Boche« oder »Chleuh« zu platzieren.
In der Schlange der Gratulanten wiederhole ich im Kopf meinen Spruch. Marianne fragt mich, ob ich noch wüsste, was ich sagen soll. Ich nicke, sie grinst. Die Hände von Monsieur Rameaux sind so groß wie Suppenteller, meine sind so nass wie eine Suppe. Das passt. Wie immer, wenn er mich sieht, bilden sich ein paar Falten auf seiner Stirn. Ich schüttle den Suppenteller und sage:
»Bon anniversaire. Mon cadeau, c'est que tu vas être grand-père.«*

Puh, das war nicht leicht, denn sobald man im Französischen auch nur eine Silbe falsch betont, sieht man nur noch Fragezeichen in den Augen des Gegenübers. Ich hingegen sehe das blutrot angelaufene Gesicht von Mariannes

* *Alles Gute zum Geburtstag! Mein Geschenk: Du wirst Großvater!*

Vater, das, entgegen meinen Erwartungen, noch röter wird und gleichzeitig Merkmale großer Verärgerung aufweist. Er schreit mich an. Alle zucken zusammen, die Menge verstummt und schenkt der Situation volle Aufmerksamkeit. Paul schreit immer noch. Ich verstehe nichts, glaube aber, ein paar deftige Schimpfwörter herausgefischt zu haben. Mariannes Mutter Audrey bricht in Tränen aus.
Das Geburtstagskind packt meinen rechten Oberarm und schiebt mich fluchend aus dem Saal. Ich höre wieder »Chleuh« und »Fritz« aus der Menge. Marianne folgt uns in den Toilettenvorraum und redet auf ihren Vater ein. Der Volkshochschulkurs ist für'n Arsch, denn ich verstehe kein Wort. Vielleicht habe ich etwas falsch betont oder falsch ausgesprochen und somit die Bedeutung verfremdet? Marianne und ihr Vater beginnen zu lachen.
Ich komme mir total bescheuert vor und kröne dies mit einem leisen »Happy Birthday. I'm sorry.«
Paul schlägt mir seine Riesenpranke auf die Schulter, atmet tief durch und geht zurück in den Festsaal.

»Was ist los? Ich verstehe nur Bahnhof. Ich habe doch gar nicht das gesagt, was du mir vorgeplappert hast. Mir war klar, dass du dich für die Binde bei mir rächen willst, deshalb habe ich mir extra einen eigenen Spruch aus meinem Notizbuch zusammengebastelt«, sage ich zu Marianne.
»Isch weiß, dass du dein Notizbuch benutzt 'ast. Isch 'abe zwei Wochen gebraucht, deine 'andschrift zu lernen, um deine Notizen ein wenisch zu korrigieren. Isch denke, wir sind quitt.«
Für den Anfang habe ich erst mal in ihrem Handy meine Telefonnummer mit der ihres Professors vertauscht, das sollte reichen, bis mir etwas Besseres einfällt.

TSK (eine wirklich wahre Geschichte)

»Chéri, die Ausdruckmaschine ist kaputt. Du musst endlisch mal eine neue kaufen«, sagt Marianne beim Betreten des Wohnzimmers.
»Die was ist kaputt?
»Na, der Druckapparat. Isch wollte gerade einen Vortrag drucken, aber das Scheißding geht nischt mehr.«
Aus unserem Laserdrucker hängen mehrere abgerissene Seiten heraus und alle Lämpchen blinken wie wild. Irgendwie hat Marianne es geschafft, Teile eines politischen Essays in jeder freien Ritze der Maschine einzuklemmen. Selbst in der Druckerkartusche. Laut ihren Angaben versuchte sie daraufhin, das schnarrende Geräusch und die Fehlfunktion zu beheben, indem sie den Druckauftrag erneut an das Gerät schickte.
»Ich kann das doch reparieren. Man muss ja nicht immer alles gleich wegschmeißen.«
»Du?«, fragt Marianne erstaunt und lacht. »Isch fahre jetzt zum Copy-Shop und drucke dort aus. Dann kannst du in Ruhe reparieren, mein kleiner, deutscher Ingenieur.«

Zugegebenermaßen machen sich Medienschaffende nicht gerade durch ihr handwerkliches Geschick einen Namen, aber sie vergisst, dass ich ein Ossi bin. Wir haben damals alles selbst repariert. Also zumindest mein Vater und meine Onkel. Aber so was vererbt sich ja. Wir alle haben das Ost-

Gen. Eine Art Improvisations-Gen, das uns dazu befähigte, eine diktatorische Mangelwirtschaft durch Erfindungsgeist und Tauschleidenschaft zu überstehen. Man tauschte selbst gezogene Tomaten aus dem Schrebergarten gegen Tapetenrollen oder heikle Informationen über die besten Freunde gegen einen Studienplatz in Moskau. Ich selbst war einer der größten Erfinder, die es je in der DDR gab. Allerdings verhinderten höhere Mächte, dass ich durch meine Erfindung angemessene Berühmtheit erlangte.

Mein Freund Martin und ich bauten Seifenkisten – quasi professionell. Sein Vater hatte eine kleine Werkstatt und auf seinem Grundstück fanden sich Unmengen an Baumaterial, das wir mit Rädern versehen in unserer abschüssigen Straße zur Testfahrt freigaben. Die Volkspolizisten hatten sogar ein Warnschild aufgestellt, das auf das 12-prozentige Gefälle hinwies. Bis auf meinen Vater, der als Einziger Bremskeile besaß, traute sich niemand, sein Auto am Todeshang zu parken. Und dort fuhren wir runter.

So auch an jenem schicksalsträchtigen Sommertag. Ich blickte den Berg hinab auf Martin, der wie wild mit den Armen wedelte und mir zurief, dass ich kein Feigling sein solle. Ein Fuß stand auf meiner neuesten Erfindung, der andere stemmte sich gegen den Abgrund.

Ich hatte kurz vor den Ferien meinen Vater gefragt, ob wir eine meiner Seifenkisten im Auto mit an die Ostsee nehmen könnten, weil ich vorhätte, die Mädchen vom Zeltplatz mit einem fahrbaren Untersatz zu beeindrucken. Es ging dabei im Osten nicht nur darum, dass man mit Doreen oder Mandy auf dem Rücksitz der umgebauten Weinkiste einen der freizügigen DEFA-Filme nachstellte. Nein, ich wollte mit meinem Erfindungsreichtum beweisen, dass ich in der Lage war, die Mangelwirtschaft zu überlisten. Dass ich von den unwirklichen Wartezeiten zwischen Bestellung und Auslieferung eines Fahrzeugs nicht betroffen war. Ich solle nicht spinnen und gefälligst die Rollschuhe mitnehmen, die würden noch reinpassen, sagte mein Vater. Er hätte Anfang der 1970er-Jahre reihenweise Mädchen damit beeindruckt.

Die Siebziger waren aber lange vorbei und in dem modernen Arbeiter- und Bauernstaat, in dem ich lebte, lösten kurze, enge Sporthosen und Rollschuhe höchstens beim perversen Hausmeister unserer Schule Begeisterung aus. Ich brauchte was Cooles. Ich ließ von Martins Vater einen der Rollschuhe in der Mitte durchsägen und schraubte die Einzelteile an die Enden eines Brettes. Mit dem Motorradhelm meines Onkels sowie meinem himmelblauen Kinderskianzug ausgestattet, stand ich nun mit meiner tragbaren Seifenkiste – kurz: TSK – am Todeshang und blickte auf Martin, der noch immer wie ein Affe mit den Armen fuchtelte. Aus Gewichts- und Platzgründen musste das Gefährt leider auf eine Lenk- oder Bremsvorrichtung verzichten. Für den Notfall hatte ich allerdings die große DDR-Fahne, die bei uns eh nur im Keller rumlag, an den Ecken mit Schnüren versehen und in meinem offenen Schulranzen verstaut. Mit einer weiteren Schnur, die über meiner Schulter lag, konnte ich im Falle unkontrollierbarer Geschwindigkeit die Fahne wie einen Bremsfallschirm aktivieren. Als finaler Bremspuffer sollten die Brombeersträucher am Ende der Sackgasse dienen.

Ich verlagerte vorsichtig mein Gewicht nach vorn, stieß mich kräftig ab und stand schließlich mit beiden Füßen auf dem Brett. Es fuhr. Die Konstruktion stellte sich bereits auf den ersten Metern als solide heraus, auch wenn es mir etwas schwerfiel, das Gleichgewicht zu halten. Ich wurde schneller. Mein Skianzug machte Flattergeräusche, als hätte ich eine Taube in der Hosentasche. Ich hätte die Räder nicht so doll ölen sollen, dachte ich noch, als ich an Martin vorbeischoss, der sich beide Hände vors Gesicht hielt und mir nur noch durch die Schlitze zwischen seinen Fingern zusah. Die Häuser rechts und links von mir begannen langsam zu verwischen und ich konnte kaum mehr atmen.

Ab da weiß ich eigentlich nichts mehr. Als ich zu mir kam, war mir schwarz, rot, golden vor Augen, bis Martin mich unter unserem Wartburg hervorzog und aus der DDR-Fahne wickelte. Mit schmerzverzerrtem Gesicht fragte ich ihn, wie schnell ich gewesen sei und ob es von außen betrachtet cool genug wäre, um Mädchenaugen zum Leuchten zu bringen. Er machte eine seiner albernen Pausen, in denen er nur lächelte, und nickte. Der Bremsfallschirm habe sich von selbst ausgelöst und mich von der TSK gerissen, was mir wahrscheinlich das Leben gerettet hätte. Aber sonst sei es obercool gewesen.
Für die Beule, die der Helm im Wartburg meines Vaters hinterließ, bekam ich noch nicht einmal Hausarrest. Mit einem Gipsbein bei 30 Grad an der Ostsee den Mädchen beim Spielen zuzusehen, sei Strafe genug, meinte meine Mutter.

Als ich nach unserer Flucht 1989 mit meinen Eltern mehr oder weniger freiwillig in Bayern lebte, sah ich völlig überrascht Kinder mit meiner TSK zur Schule fahren. Man erzählte mir, dass angeblich irgendwelche Amerikaner die hier als Skateboard bekannte tragbare Seifenkiste bereits in den 1950er-Jahren erfunden hätten. Respekt! Da hatte die Propaganda des Klassenfeindes wirklich ganze Arbeit geleistet.

Unser Laserdrucker ist definitiv im Arsch. Der druckt nichts mehr. Die französischen Texte haben sich in alle Zahnräder gefressen. Nichts zu machen. Ich packe den Drucker nach ganz unten in den Wertstoffcontainer des Nachbarhauses und fahre schnell zu Media Markt, um das exakt gleiche Modell zu kaufen. Zu Hause schmiere ich mir etwas Olivenöl sowie die Hälfte des Toners auf Hände und T-Shirt und warte darauf, dass Marianne aus dem Copy-Shop zurückkommt.

Form follows Frau

Sonntag, 11:00 Uhr

Ich werde wach. Mein Schädel dröhnt, als hätte ich die ganze Nacht in einem Autobahntunnel geschlafen. Filmriss. Wenn ich an so einem Morgen bei mir zu Hause wach werde, habe ich oft Orientierungsschwierigkeiten, denn in unserem Schlafzimmer herrscht einrichtungstechnischer Minimalismus in seiner reinsten Form. Es ist quasi leer: kein Schrank, kein Regal, keine Bilder, kein Teppich – nichts als ein weißes Bett mit weißer Bettwäsche. Darin mein weißer Körper. Ich ziehe mir die Decke über den Kopf, kuschle mich in die 50%-Daunendecke und verschwinde in der himmlischen Kontrastlosigkeit. Einziger Farbklecks sind die leuchtend blonden Haare Mariannes, aber selbst dieser Akzent fehlt an diesem Morgen. Aufstehen – alles dreht sich – Cola – aber erst aufs Klo. Vor der Tür zum Bad liegt ein kleiner Perserteppich – mitten auf dem Meisterwerk aus dem 19. Jahrhundert eine kreisrunde Kotzepfütze. Daneben, auf frischer Tat ertappt, der Übeltäter.

Samstag, 13:00 Uhr

Frauen ist es wichtig, dass man in einer Beziehung über alles redet, solange es nichts Wichtiges ist.
»Mischaela von der Uni ’at schon wieder einen neuen

Mantel, dabei 'at sie sisch erst letzte Woche einen gekauft.«
Diese Information ist völlig unwichtig und wird daher mitgeteilt. Dass meine X-Box beim Saubermachen runtergefallen ist, erfahre ich erst, als der Kundenservice vom Elektromarkt mir mitteilt, dass solche Hochtechnologie nicht zum Werfen bestimmt sei, und fragt, was zum Henker ich damit gemacht hätte.
»Isch wusste nischt, dass du damit spielst, isch weiß ja nischt mal, was das ist. Ist es kaputt? Ein Buch wäre nischt kaputtgegangen«, piepst es.
»Ist schon gut«, entgegne ich.
»Vielleischt bist du nischt mehr so böse, wenn isch 'eute die Katze 'ole.«
»Welche Katze?«
»'ab isch dir nischt gesagt? Isch 'ole 'eute die kleine Katze. Wir 'aben darüber gesprochen.«
Nein, haben wir nicht, nur darüber, dass der Freund von Michaela jetzt fünf Mille im Monat bei PwC macht und dass in Frankreich die Busse, die Kerzen, der Wein, die Betten, die Straßen, die Servietten, die Arbeitsbedingungen, die Luft und selbst die Sonne besser seien als in Deutschland.
»Ich will keine Katze. Was soll ich damit? Kein Mensch braucht eine Katze oder einen Hund oder sonst irgendein Tier, außer man hat vor, es zeitnah zu verspeisen.«
Zwei Türen knallen. Ich informiere mich im Internet über die Kosten, die ein solches Tier verursacht, um genügend Argumentationsmaterial zu haben. Eine Stunde später steht Marianne mit einer jungen Katze zwischen Pullover und Jacke in der Tür.

»Sie bringt ein wenisch familiäres Gefühl in unser Leben.«
Ich schaue mich in unserer Wohnung um, zwischen einigen

IKEA-Sünden, dem handgeknüpften Teppich, der Couch von BoConcept und einem großen Gemälde von Viola Welker ist kein familiäres Gefühl zu erkennen, da muss ich ihr recht geben, schließlich lege ich darauf auch großen Wert. In unserer Wohnung läuft alles nach »form follows function«. Mariannes Einrichtungsbeitrag besteht darin, dass sie Postkarten aus La Rochelle an die Wand klebt, selbstverständlich ohne vorher etwas auszumessen oder sie an etwas auszurichten. Manche davon bekomme ich nur mit einem Dampfreiniger wieder ab.
Ich schlage Folgendes vor: »Schatz, wie wäre es, wenn du die Katze den ganzen Tag streichelst und sie dann heute Abend wieder dahin bringst, wo du sie her hast?«
»Die Katze wohnt jetzt 'ier, und wenn du sie nischt 'aben willst, kannst du misch auch nischt 'aben.«

Alles klar. Die Tatsache, dass Frankreich über Atomwaffen verfügt, treibt meine Freundin dazu, bei jedem kleinen Konflikt aufs Ganze zu gehen, ohne Verhandlungen, ohne Botschafter, und falls man doch einmal ein schlüssiges Gegenargument vorbringen kann, werden einfach die Regeln des Spiels geändert. Bevor ich meinen Argumentationsbogen auch nur ansatzweise spannen kann, blicke ich in die Mündung einer nuklearen Killerphrase.
»Du könntest ein paar Dinge für die Katze kaufen.«
Marianne gibt mir eine Liste und eine Wegbeschreibung zum Fressnapf-Laden.

Genervt verlasse ich die Wohnung. In Berlin kommen einem öfter Menschen auf der Straße entgegen, die, versunken in ihre Selbstgespräche, leise vor sich hin fluchen. Heute fühle ich mich mit dieser Spezies ganz besonders verbunden, denn ich fluche die ganzen 15 Minuten bis zum Laden und frage mich, ob die anderen Fluchenden auch eine Katze oder einen Hund bekommen haben. Das Tierbedarfsgeschäft stinkt nach Trockenfutter und Kaninchen. Um mich herum sinnlose Frauen mit schrecklichen Frisuren, mit Körpern, denen man ansieht, dass bereits alles egal ist: 120-140-130 – wenn nicht schlimmer. An der Kasse langweilt sich ein Kaugummi kauender Student, alle Angestellten in dem Laden sind jünger als ich – ich hasse es hier. Ich wähle einen der Grundschüler im Pflichtpraktikum aus, schnalze kurz mit der Zunge und nicke.

»Tach, ich suche ein Katzenklo, ein Katzenbett, Katzenminze, Katzenspielzeug, Katzenbürste, Katzenkissen, Katzentrockenfutter, Katzennassfutter, Katzenmilch, Katzenstreu, Katzenbaum und einen Katzenfutternapf.«
Mariannes Liste liest sich wie die Zungenlockerungsübung eines Schauspielers.
»Sie brauchen ooch nochn Napf, aus dem die Katze wat trinken kann, da reicht der für dit Futter nich aus.«
»Dann einen Katzentrinknapf bitte noch.«
Ich komme mir vor wie ein Vollidiot. Der kleine Junge mit dem Marzahner Charme packt alles in einen Korb und führt mich zu den Katzenklos.
»Die sehen ja nicht so dolle aus. Habt ihr nichts von Colani oder was im Bauhaus-Look?«
»Cohani müsste ick mal kieken, aber ick gloobe nich, dass wir sowat da haben, und Bauhaus ist hier nich, nur OBI, die haben aber keene Katzenklos.«
»Ich nehme das Graue mit den grünen Streifen und dem Tribal an der Seite.«

Ich hätte nie gedacht, dass ich jemals einen derartigen Satz sagen würde. Trotz meines männlich bodenständigen Wesens pocht doch das Herz eines Kreativen in meiner Brust – Medienschaffender halt. An der Kasse schlägt man mir vor, für all die Utensilien 296 Euro zu zahlen. Ich teile dem Wahnsinnigen mit, dass er die ganze Scheiße bis auf das Trockenfutter wieder einräumen kann, nehme mir eine Fusselrolle aus einem Regal, wo in den Läden, in die ich sonst gehe, Zigaretten stehen, und verlasse fluchend das Geschäft – Höhe Bänschstraße gehen mir die Schimpfwörter aus.

In der Wohnung knalle ich das Trockenfutter auf den Tisch, nehme einen Schuhkarton aus dem Papiermüll, schreibe mit einem Stift »Katzenklo« darauf und teile Marianne mit, dass ich nicht vorhätte, nach einem Bürgen zu suchen, um den Unterhalt der Katze zu finanzieren. Ich sage ihr ganz klar, dass ein rattanumwickelter Kratzbaum mit einer Holzkiste oben drauf weder zu der blauen Wand noch zu den weißen Lackmöbeln in der Küche passe, dass ich so nicht leben könne und dass, falls sie darauf bestünde, ich hier und jetzt in den Hungerstreik treten würde.
»Übertreib es nischt, obwohl ein ’ungerstreik dir ganz gut tun würde. Guck mal, wie süß die Kleine ist … tututu mimimi. Sie braucht einen Namen. ’ast du eine Idee?«
Ich schlage Kackstelze, Wiebke und Medusa vor. Marianne nennt die Katze Minou und mich einen Idioten.
»Das mit dem Klo funktioniert so nischt«, sagt sie und verschwindet im Flur.
»Das Tier verliert hier Haare und ich glaube, auch etwas Kotze«, rufe ich hinterher.
Ich hole die Fusselrolle sowie einen Lappen und robbe über das Parkett. Das Vieh kratzt an der Tapete.

»Katze, kannst du bitte aufhören, meine Kaution zu verbraten?«
Um die Effektivität der Fusselrolle zu erhöhen, wende ich sie direkt an der Katze an und werde gekratzt. Ich blute. Wer weiß, was man sich von einem Tier holen kann, das sich selbst den Arsch leckt.

»Sag mal, redest du mit Minou?« Marianne grinst. Ich? Ich rede doch nicht mit einer Katze, ich rede mit mir selbst, mit meinem ehemalig freien Ich, das nie darüber nachgedacht hat, wer sich wie um eine Katze kümmert, wenn ich spontan mit dem InterConnex nach Warnemünde will.
»Scheiße«, sagt mein altes Ich zu mir, »willst du dir das gefallen lassen? Heute ein Haustier, morgen ein Baby, und ehe du dich versiehst, wohnst du in Steglitz, sitzt im Garten und reparierst ein Bobbycar.«
»Ich habe ja auch keinen Bock auf den Mist. Aber es macht Marianne glücklich und sie meint auch, dass es gar nicht so uncool wäre, eine Katze zu haben und dass selbst Elvis eine hatte«, erwidere ich.
»Es gibt auch Leute, die behaupten, dass Elvis tot sei. Wem kannst du heute noch glauben, außer dir selbst?«, sagt mein altes Ich und teilt mir mit, dass es jetzt vorhabe, sich zu besaufen, und ich mitkommen solle.
»Ich kann jetzt nichts trinken gehen, Marianne würde ausflippen.«
»Siehst du? Es hat schon angefangen.«
Ich schnappe mir ein Weg-Bier und verschwinde, ohne mich abzumelden.

Auf dem Weg in die Minimal-Bar hält meine Vergangenheit einen Monolog: »Junge, was ist los mit dir? Wach mal

auf! Du bist gerade mal Mitte dreißig und gibst hier seelenruhig den Traumschiff-Kapitän. Hast du nicht mal gesagt, dass man sich die Namen von Freundinnen frühestens nach einem Monat merken sollte, dass jede Party mitgenommen und jeder Witz gerissen wird – bis einer heult? Warst du nicht der Typ, der gesagt hat, das Wichtigste im Leben wäre, immer genügend Kippen und Kondome am Mann zu haben? Und jetzt sieh dich an: Biohühnchen, Spaziergänge und Adele in der Endlosschleife. Früher sind wir nicht vor vier Uhr morgens nach Hause gegangen. Weißt du noch, als du beim Run-DMC-Konzert in Osnabrück die Flasche Eierlikör gekauft hast, weil die an der Bar nichts anderes mehr hatten? Du hast sie in einem Zug getrunken.«
»Ist ja gut, ich hab's kapiert.«

Ich bestelle bei meinem Freund Robert eine Flasche Eierlikör. Ich weiß ehrlich gesagt nicht, was dümmer ist: In einer Bar 35 Euro für etwas zu zahlen, was im Laden nur acht kostet, oder auf ex diesen Schleim aus Sahne und Zucker-Ei zu trinken? Ein paar Wodka später ist der gröbste Nachgeschmack verschwunden. Ich versinke in der lauten Musik und in der Kunst an den Wänden, lasse mich vom Destillat durch die Nacht tragen, bis sich fragmentartig Realität und Gegenwart auflösen. Filmriss.

Sonntag, 11:05 Uhr

Das Tier sollte wissen, was so ein Teppich wert ist, schließlich ist sie eine halbe Perserkatze.
»Ich hoffe, du hast eine Haftpflichtversicherung.«
Im Badezimmer findet das Elend kein Ende, weitere Kotze

direkt vor der Badewanne. Allerdings lässt mich neben der Größe der Pfütze noch ein weiteres Indiz an meinem Verdacht zweifeln: Das ganze Bad riecht nach Eierlikör. Während sich Minou schnurrend um meine Beine schlängelt, lese ich die Lippenstift-Nachricht, die auf dem Spiegel über dem Waschbecken steht: »Minou und ich haben dich trotzdem lieb. Bin Brötchen holen. Bitte mach alles sauber. Marianne«

Der letzte Sommer

Für viele Menschen ist ein Urlaub am Meer der zu erstrebende Lohn eines qualvollen Arbeitsjahres. Für mich persönlich ist der Strand eher eine körperliche Belastung und ein Ort, an dem ich mich ausschließlich unter Zwang befinde. Ich habe mich in den letzten Jahrzehnten größtenteils vor dem Rechner aufgehalten und dadurch den Melaninanteil meiner Haut auf ein Minimum heruntergefahren. Sonnenstrahlen sind mein natürlicher Feind. Bereits wenige Wirkungsminuten dieses Kryptonits reichen aus, um meine aristokratische Blässe in ein proll-kitschiges Pink zu verwandeln. Marianne liebt den Strand und stellt mich vor die Wahl, entweder mitzukommen oder die Aussicht auf eine gemeinsame Zukunft infrage zu stellen.

Ich ramme den Stiel des großen Sonnenschirms in den heißen Sand. Es müssen an die 40 Grad im Schatten sein. Der Schatten ist der einzige Ort, an dem ich in Verbindung mit einem Sunblocker eine Chance zum Überleben habe. Der Strand auf der Île de Ré ist kaum gefüllt und nur ein paar naive Pariser Familien trauen sich zur Mittagszeit ins nicht klimatisierte Freie. Marianne vollführt ein leidlich elegantes, aber durchaus akrobatisches Kunststück, indem sie mithilfe zweier Handtücher von Straßenkleidung auf Bikini wechselt.

Danach knallt sie sich ohne Übergang in die pralle Sonne. Keine Ahnung, warum Frauen sich auf diese Weise umfär-

ben, zumal die Körperteile, auf die ich als Mann als Erstes blicke, davon unberührt bleiben. Eine im Schlafzimmer weiß leuchtende Brust- und Gesäßpartie ist zumindest aus meiner Sicht betrachtet eher amüsant als erotisch.
Ich beobachte die Kinder in ihren gestreiften Badehosen beim Federballspielen und wünsche mir, mitspielen zu können. Allerdings fehlt mir in meinem Alter die nötige Körperbeherrschung, um während des Matches neben dem Schläger in der rechten auch noch den zwei Meter hohen Sonnenschirm in der linken Hand zu halten. Ich vermisse meine jugendliche Haut, die Sorglosigkeit und die Zeiten, in denen ich andere Kinder beim Federballspielen das Fürchten lehrte. Damals an der Ostsee.

Jedes Jahr zwischen 1980 und 1985 nahmen mich meine Eltern mit an den Strand von Markgrafenheide in der Nähe von Rostock, wo sie sich zwischen zugeschissenen Dünen und Abwasserschaumkronen der Illusion ostdeutscher Reisefreiheit hingaben. Markgrafenheide war ein Ort, der die unwirkliche Situation einer sozialistischen Diktatur zeitweise vergessen ließ. Für mich als kleiner Junge sowieso, da die Grenzen meines kindlichen Ichs noch enger gesteckt waren als die der Deutschen Demokratischen Republik. Trotz des Nachfrageüberhangs bei den Sanitäranlagen war ein Zelturlaub purer Luxus, denn für DDR-Bürger war es genauso schwierig, an einen Zeltschein zu kommen, wie für New Yorker an einen Schrebergarten.
Auf dem im Wald liegenden Zeltplatz trafen nacheinander alle urlaubswilligen Familienmitglieder ein. Meine Oma Käthe, mein einbeiniger Opa Friedrich, Onkel Richard mit Tante Siggi sowie mein Onkel Frank mit seiner Freundin und deren Tochter Eva. In diesen Campingurlauben folgte

der Tagesablauf einem Ritual. Die Männer tranken ein Bier nach dem anderen, während die Damen der Familie in der Sonne brieten. Ich wurde beauftragt, in Wassernähe Löcher so tief zu buddeln, bis sich Wasser darin sammelte, das etwas kälter als das war, welches die Wellen in den Sand spülten. In diesen Löchern wurden Bierflaschen zum Kühlen verstaut. Den Rest des Tages musste ich alle paar Minuten eine Runde frische Flaschen holen und dafür sorgen, dass immer genug in die Kühlung nachgelegt wurden. Wen wundert es, dass ich bei derart frühen Gastroerfahrungen heute zum Alkohol eine recht freundschaftliche Beziehung pflege.

»Hast du Lust auf Federball?«, fragte mich Eva eines Tages. Wir hatten bisher kaum ein Wort miteinander gewechselt, war sie doch aufgrund ihrer Zugehörigkeit zum anderen Geschlecht dazu verdammt, von mir ignoriert oder mit Häme bedacht zu werden. Eva war zwar schon mehrmals mit uns an der Ostsee gewesen, fühlte sich aber immer noch wie ein Fremdkörper in unserer zusammengeschweißten Familienbande an.
»Klar!«, entgegnete ich.
Ich hatte etwas Mitleid mit ihr. Außerdem kam mir eine Portion Selbstbewusstsein immer gelegen, denn Mädchen im Sport zu demütigen war eine meiner leichtesten Übungen. Gleich zu Beginn knallte ich ihr einen Becker'schen Aufschlag vor den Latz, um sie auf das hohe Spielniveau einzustimmen. Sie machte eine recht gute Figur, jedenfalls heulte sie nicht sofort, als ich ihr dreimal hintereinander einen unannehmbaren Ball vor die Füße spielte. Plötzlich konterte sie mit einem für mich unvorhersehbaren Schmetterschlag über den Windschutz und erwischte mich direkt

am Kopf. Von der Wucht des Treffers ging ich sofort zu Boden und hielt mir die Stirn, als hätte mir James Stewart mit seiner Winchester einen Streifschuss verpasst. Eva beugte sich über mich und fragte, ob alles in Ordnung sei.
»Der Wind muss sich gedreht haben und dann hat mich auch noch die Sonne geblendet, sonst hätte ich den noch bekommen. Es geht gleich wieder«, quälte ich mit schmerzverzerrter Stimme heraus.
Sie lächelte mich an, wie es sonst nur meine Mutter tat, strich über meine Stirn und pustete auf die getroffene Stelle. Plötzlich war mir irgendwie komisch. Ich hatte ein total merkwürdiges Gefühl. Hatte ich was Falsches gegessen? Mein Magen drehte sich wie schlechtes Gewissen, aber anders, so wie Weihnachtsvorfreude und Übelkeit und Geborgenheit im selben Moment. Ich sah Eva an und erkannte, dass sie nackt war. Und ich war es auch. Ich meine, ich war natürlich – bis auf eine schneeweiße Schicht Panthenol-Schaum auf dem Rücken – schon den ganzen Tag nackt, aber erst jetzt, erst genau in dem Moment, in dem Eva auf meine Stirn pustete, wurde es mir so richtig klar. Ich hatte nichts an und Eva auch nicht.

Ich schaute mich um und stellte fest, dass auch alle anderen um uns herum splitternackt waren. Mein Vater, meine Mutter, die Oma, einfach alle. Der ganze Strand. Und merkwürdig sahen sie aus. Mein Onkel Richard war so dick, dass es aussah, als hätte er soeben die selbst schon ziemlich dicke Tante Siggi verschluckt. Meine Oma hatte einen Bauch wie eine Ziehharmonika und ihre Brüste lagen darüber wie Socken, die man zum Trocknen aufhängt. Der ganze Strand war voll mit Brüsten, Hintern, Nippeln und Schniepeln, Säcken, Bäuchen, Narben, Faltigem, Schrumpligem, Altem und Runzligem in allen Variationen. Und ich war wie erstarrt vor Verwunderung, dass es mir nie aufgefallen war.

»Spielen wir weiter?«, fragte Eva.
Was sie wohl dachte, wenn ich hier die ganze Zeit nackt rumlief? Gerade in Bezug auf Größe und Behaarung der primären Geschlechtsteile erfüllte mein Körper noch nicht vollends die in ihn gesetzten Hoffnungen. Eva war überhaupt nicht so schrumpelig wie die anderen Leute am Strand, ganz im Gegenteil, sie war schön glatt und gar nicht so extrem ätzend.

Vor Schmerzen stöhnend stand ich auf, ging zu unserer Strandtasche und zog mir meine Unterhose an. Alle starrten mich an, als hätte ich soeben erklärt, meine Ausreise zu beantragen. Mein Onkel Frank grinste.
»Saache ma? Was is'n mit dir los?«, brach meine Mutter als Erste das Schweigen.
»Wieso ziehst'n dir de Hose an? Mache geen Quatsch jetz. Ziehe die aus, die wird doch vollor Sand.«
Aber ich wollte sie nicht ausziehen und hielt den Bund mit beiden Händen fest, während meine Mutter versuchte, die Hose nach unten zu ziehen. Ich bezweifle, dass ich danach in meinem Leben je wieder einen peinlicheren Moment erlebt habe. Der halbe Strand beobachtete die Situation und schüttelte den Kopf. Alles starrte ungläubig auf meinen halb entblößten Hintern und meine Finger, die sich in den Stoff krallten. Meine aufgeregte Mutter zerrte mit ganzer Kraft an der mittlerweile ausgeleierten Unterhose und krönte die Demütigung mit einer laut klatschenden Ohrfeige. Ein Raunen ging über den Ostseestrand. Eva war wie ver-

steinert und ich war es auch. Heulend rannte ich zum Zelt und versteckte mich für den Rest des Tages unter meinem Schlafsack.

Ich weinte nicht, weil meine Mutter mir eine geklebt hatte oder weil mein Eindruck bei Eva nicht wie geplant von überragendem Federballspiel geprägt war. Ich weinte, weil ich nichts mehr verstand, aber doch begriff, dass ich etwas verloren hatte, dass dieser Tag mein künftiges Leben im Bereich der Nacktheit in zwei Teile teilte, dass ich sah und erkannte, die Früchte pflückte, die Schlange, der Garten … und so weiter. So ersetzte in diesem Sommer eine neue Gefühlskomposition die körperliche Unbeschwertheit meiner Kindheit. Scham, Interesse, Erotik, aber auch Ekel traten an ihre Stelle.

Am nächsten Tag wiederholten sich einige Episoden des bisher Erlebten. Ich ließ die Unterhose direkt bei der Ankunft am Strand an und sorgte damit für eine angespannte Stimmung bei meiner Mutter. Nach längerem Hin und Her zwischen Ignoranz und Tobsuchtsanfall sowie einer Diskussion mit den Männern bezüglich des Bierflaschendienstes verbannte sie mich mit einer von ihr diagnostizierten Magen-Darm-Erkrankung für den Rest des Urlaubs ins Zelt.

Zu Hause durfte ich meine Unterhose anbehalten. Allerdings war mir bis dahin nie aufgefallen, dass meine Eltern sich nicht nur am Strand, sondern auch in der heimischen Wohnung ihrer Kleidung zu entledigen pflegten. Wie selbstverständlich legten sie am Wochenende ihre Klamotten und Scham ab, kochten, bügelten und putzten nackt oder zumindest teilentblößt. Meine Mutter bevorzugte es, die Wohnung nur mit einem T-Shirt bekleidet zu saugen. Gerne auch gebückt mit der Handbürste unter dem Sofa. Ein entscheidender Grund dafür, warum ich bis heute den Begriff des Nacktputzens nicht im Bereich der Erotik ansiedeln kann. Mein Vater führte Gartenzaungespräche mit den Nachbarn und sein beim Lachen hüpfender Hodensack brannte sich für immer in mein Gedächtnis.

Nach dem traumatischen Erlebnis am Strand schloss ich stets die Tür des Badezimmers von innen ab. Und auch wenn Eva in ihren Postkarten Jahr für Jahr fragte, wann ich denn wieder nach Markgrafenheide kommen würde, verbrachte ich meine Ferien doch lieber bei meiner Berliner Oma in Köpenick. Selbst wenn ich gewollt hätte, wäre ein Urlaub an der Ostsee für mich unter diesen Umständen nicht möglich gewesen, da die Zeltplatzleitung meinen Eltern explizit klarmachte, dass die Aussicht auf einen Zeltschein für die kommenden Jahre von mir und meiner Einstellung zur Nacktheit abhängig sei. Ich musste noch sehr oft an Eva denken, aber ich wollte sie nicht wiedersehen. Irgendwie war es mir unangenehm, dass sie meinen Penis gesehen hatte, bevor wir uns überhaupt richtig kennenlernen konnten.

Plötzlich stehe ich auf und ziehe meine Badehose bis zu den Knien herunter. Marianne und alle Pariser am Strand zucken zusammen. Es fühlt sich gut an. Eine seichte Brise, die den weiten Weg über den Atlantik auf sich genommen hat, umspielt meine der Sonne dargebotene Intimität, stellt die Fahne der Freiheit nach Jahren der Unterjochung in den Wind und weist die Richtung für den Sturm auf die Prüderie. Außerhalb eines Schlaf- oder Badezimmers war

ich seit etwa 25 Jahren nicht mehr vollständig nackt – sieht man von der skurrilen Nummer im Mieterkeller der geilen Silke einmal ab.
»Was machst du da? Bist du jetzt total verrückt?«, schreit Marianne. Und versucht, mir die Badehose gegen meinen körperlichen Widerstand wieder hochzuziehen.
»Du kannst disch nischt auszieh'n. Das ist 'ier kein FKK. Wir sind katholisch. Zieh die 'ose an!«
Ich reiße mich los und die Badehose ganz von mir, breite meine Arme wie ein Turmspringer vor dem Absprung aus und blicke aufs Meer.
»Putain! Du bist ekel'aft, schämst du disch nischt?«
Marianne springt auf und wirft ein Handtuch in meine Richtung.

Doch ich laufe los, die Füße tief in den Sand gedrückt, über Muscheln und vertrocknete Algen und werde immer schneller.
»Die Scham habe ich überwunden! Die habe ich überwunden!«, rufe ich Marianne zu und hänge noch ein »Whoohoo!« hinten an.
Die ungläubigen Blicke der französischen Strandbesucher lassen mich kalt. Kinder bekommen den Anblick gar nicht zu sehen, da besorgte Mütter ihnen die Hand vor die Augen halten. Und ich renne splitternackt in großen Schritten über den Strand der Île de Ré aufs Meer zu. Mir ist danach. Die Zeit ist reif. Soll man doch prüde zetern, ich bin alt genug für diesen Moment, könnte theoretisch mit eigenen Kindern hier nackt am Strand Federball spielen. Nicht mehr weit, dann bin ich am Wasser. Der nasse Sand schleudert in die Luft, als ich es erreiche, und ich versuche, mich zu erinnern, wie sich die kalte Ostsee damals

ohne Badehose anfühlte. In meinem letzten Sommer in Markgrafenheide. Als ich noch ein Kind war. Unbeschwert und leicht, sorglos und frei – mitten im größten Gefängnis der Welt.

Westbesuch

Wenn ich etwas erzähle, entspricht es im Kern auch stets der Wahrheit – im Kern, denn zusätzlich zur Übergewichtstendenz hat mir meine Mutter die Neigung zur allgemeinen Über- und Untertreibung mit auf den Lebensweg gegeben. Zahlen und Werte sind in meinen Augen Variablen, die der Dramaturgie unterliegen und dementsprechend – auch in Abhängigkeit vom Gesprächspartner – sinnvoll verformt werden. Wenn Marianne mich beispielsweise fragt, mit wie vielen Frauen ich in meinem Leben im Bett war, antworte ich: »Ich glaube, fünf, wenn man dich nicht mitzählt, aber ich muss dazu sagen, dass ich nicht immer auch verliebt war.« Auf die gleiche Frage antworte ich meinem Freund Micha: »Puh, so 40 bis 50, die im Vollsuff und im Urlaub nicht mitgezählt.« Meine Anpassungen der Wahrheit betreffen aber nicht nur Zahlen, sondern auch Fähigkeiten. So denkt beispielsweise meine Mutter, ich könne Autos reparieren, Marianne verlässt sich in jedem dunklen Parkhaus auf meine Karate-Kenntnisse und ihr Vater glaubt, ich wäre einer der begabtesten Köche jenseits des Rheins.

»Eine gute Nachrischt, Chéri, meine Eltern kommen uns endlisch mal besuchen«, empfängt mich Marianne, als ich abends nach Hause komme.
»Cool.«
Ich freue mich wirklich über diese Nachricht, denn so spare ich zwei Tickets nach Paris und die Autofahrt vom Flug-

hafen in die Innenstadt, bei der es sich Mariannes Vater nie nehmen lässt, mir zu zeigen, dass man mit einem Citroën locker jeden deutschen Wagen abhängt, der die Dreistigkeit besitzt, vor einem auf der Autobahn zu fahren.
»Wann kommen sie denn?«
»Sie 'aben günstige Tickets bekommen und wir 'atten nischts geplant, da dachte isch, es wäre ok. Also, ähm, sie kommen morgen«, sagt Marianne und macht dabei ein Gesicht wie ein Welpe. »Einen schönen Gruß soll isch dir von meinem Vater sagen und dass er sisch auf deine Küsche freut.«

Morgen?! Und er freut sich auf meine »Küsche«?! Mit »Küsche« meint er mein Essen. Ich kann schon etwas Brauchbares zubereiten, meine Eltern waren berufstätig. Sie warfen mir morgens einen Kohlkopf ins Kinderzimmer und ich sah zu, wie ich damit zurechtkam. Diese Erziehungsmethode der ostdeutschen Spätsiebziger mag pädagogisch umstritten sein, machte mich aber ernährungstechnisch recht unabhängig. Der französische Übervater (an dieser Stelle bitte ein paar Blitze und Donner vorstellen) kocht ganz eindeutig auf Sterne-Niveau. Mein höflich gespieltes Interesse an den komplizierten Zubereitungsvorgängen und die Aussage Mariannes, ich könne auch sehr gut kochen, haben zur Folge, dass der Sonnenkönig nun höchstpersönlich vorbeikommt, um mich scheitern zu sehen und um seiner Prinzessin zu zeigen, dass die Liaison mit einem Bürgerlichen aus dem preußischen Ödland keine Zukunft haben kann, und überhaupt, dass ich ein Versager bin.

Bei den Eltern anderer Frauen hätte ich einfach etwas beim Lieferservice bestellt und in der Küche eine Zwiebel in Butter für den authentischen Geruch angebraten, aber bei

Marianne ist das etwas anderes. Dinge, die vorher unwichtig erschienen, sind nun bedeutend, und dazu zählt in besonderer Weise auch die Rücksicht auf die Gefühle und Erwartungen einer anderen Person. Ein feuchter Film bildet sich auf meiner Stirn. Ich beginne, Kochbücher neben mir zu stapeln, von Biolek bis Jamie Oliver. Einfallslose Geschenke einfallsloser Freunde, für die ich nun mehr als dankbar bin. Ich suche panisch nach einer Gourmet-Innovation auf dem Niveau Gordon Ramsays und der Leistungsbasis von Bratkartoffeln mit Spiegelei. Koche ich etwas Einfaches, Traditionelles und hoffe auf den Kindheitserinnerungseffekt, der dem Film *Ratatouille* zu einem Happy End verhalf und den Restaurantkritiker Ego zu einem besseren Menschen machte? Oder lieber etwas Exotisches, bei dem man jedes Missgeschick als kulturelle Eigenart durchschmuggeln kann?

Als ich am nächsten Morgen mit meinem Gesicht auf Seite 216 von Ramsays neuestem Kochbuch erwache, entscheide ich mich spontan für das Gericht, das mir in dieser Nacht schicksalhaft als Kopfkissen diente. Getrüffelter Canard de Rouen mit Cognac-Jus und Feigen-Rosmarin-Pannacotta. Wenn ich schon mit dem Teufel Seelenpoker spiele, dann richtig. All in.

»368 Euro bitte«, sagt die Dame an der Kasse des Feinkostladens, die mir aufgrund ihrer beeindruckenden Oberweite bis eben noch so sympathisch erschien.

»Zwei Tickets nach Paris kosten im Schnitt 300 Euro«, sage ich zu ihr und werfe der Ziege meine Kreditkarte hin.

»Bitte?«

»Ach nichts.«

Ich stecke in die Sammelbüchse für Erdbebenopfer ein Zwanzigcentstück.

Das Logo des Feinkostladens auf den Tüten klebe ich mit Kreppband ab, weniger, um nicht überfallen zu werden, als vielmehr, um mein mühsam aufgebautes Image eines alternativen Gentrifizierungsgegners bei meinen Friedrichshainer Nachbarn nicht zu riskieren. Ich schwöre mir selbst, dass dieser Ausflug in die Geschäfte der Edel-Kulinarik eine einmalige Ausnahme ist.

Zu Hause angekommen, beginne ich sofort zu kochen. So eine Ente braucht schon ein paar Stunden mit der ganzen Füllung, dazu der Salat und der Käse-Gang – ich disponiere etwas um und ersetze aus Zeitgründen die würzige Feigen-Rosmarin-Pannacotta durch Brot. Marianne ist noch auf der Arbeit und holt danach die Rameaux vom Flughafen ab. Derweil schneide, schmiere, reibe, fülle, seihe, brate, passiere und probiere ich, dass es eine wahre Pracht ist – ich habe einen guten Tag, halte mich an das Rezept und kann nach zwei Stunden das Vieh in den Ofen schieben. Alles ist vorbereitet, die Küche ist ein Schlachtfeld, die Katze rennt mit einem Entenkopf im Maul durch die Wohnung.

Marianne teilt mir per Telefon mit, dass sie etwas später kämen, da ihre Eltern im Zoll festhingen.
Nanu? Der Zoll glaubt nicht, dass 16 Flaschen Bordeaux nur den Eigenbedarf eines französischen Paares auf Berlintrip decken? Komisch. Die Verspätung ist aber aufgrund meiner eigenen Zollerfahrung – als Marianne mit einem extra für diesen Zweck angeschafften, bis zum Rand mit Weichkäse angefüllten Trolli durch die Gepäckkontrolle wollte – zeitlich bereits eingeplant. Ich stelle mir vor, wie der Zweimetermann Paul mit seinen radkappengroßen Händen auf den Tisch des Zollbeamten schlägt und über die niedere

Trinkkultur der Deutschen herzieht. »Wie gann man nur annähernd glauben, Sekt wäre mit Champagner zu vergleischen?!«, rufe ich der Katze mit französischem Akzent zu. Minou spielt unbeeindruckt und puhlt ein Auge aus dem Entenkopf.

Auf einmal korrespondiert der in Vergessenheit geratene Teil meines Gehirns mit mir, der für Verwegenheit zuständig ist. Ich bin plötzlich ganz aufgeregt und kann meinen Herzschlag in den Adern auf meinem Handrücken pochen sehen. Ich habe eine Idee. Ich laufe zum DVD-Regal und nehme die »*Stirb-langsam*-Sammelbox« heraus, der sicherste Ort, um etwas vor einer intelligenten Frau zu verstecken. Im Inneren der Hülle befindet sich ein kleines Tütchen mit einem Ring. Die Situation, die Eltern sowie die zwanghafte Höflichkeit der Franzosen scheinen nicht nur der perfekte Rahmen zu sein, sondern garantieren mir auch körperliche Unversehrtheit vor den Pranken des Vaters, wenn ich die Frage aller Fragen stelle.

Sie kommen. Ich stecke den Ring in eines der Desserttöpfchen und markiere es mit einer gesondert platzierten Mandelscheibe. Nachdem sich alle geküsst haben, wird über Sinn und Unsinn des Schengen-Abkommens diskutiert, über den ungebildeten Zoll und die schlechten Straßen sowie das beschissene Wetter hier. Anschließend begutachtet man die Wohnung. Es gibt geteilte Meinungen – Mama Audrey freut sich und findet alles sehr modern, während Papa Paul etwas enttäuscht darüber zu sein scheint, dass wir nicht wie Obdachlose hausen. Audrey packt schnell die Dinge aus, die in den nächsten Stunden gebraucht werden – Weinflaschen, Champagner, Käse, Würste und Brot.

»Wusstet ihr, dass in Deutschland täglich 1500 Wurstsorten und 300 Brotsorten hergestellt werden? Damit sind wir in beiden Bereichen Weltmeister«, werfe ich der auspackenden Gesellschaft als Warm-up zu.
Nach Mariannes Übersetzung lacht die gallische Truppe und erklärt, dass die große Auswahl unseren Geschmack verzerren würde, dass wir keine Saucissons hinbekämen und dass wir Deutschen von Natur aus weniger sensorische Fähigkeiten im Mund hätten als Franzosen. Paul klatscht laut in die Hände, reibt sich diese und meint grinsend, dass er Hunger habe. Er sieht mir tief in die vorbereiteten Augen.
»Die Brust müsste in diesem Moment optimal sein«, entgegne ich, ziehe untermalt von großem »Aha!« das Tier aus dem Ofen und beginne zu tranchieren.

Die Ente ist perfekt und ich erkenne, wie sich im Zeitraffer die Gesichtsausdrücke der Familienoberhäupter mit jedem Bissen von skeptisch zu begeistert verändern. Für einen Moment habe ich das Gefühl, dass Paul lächelt. Meine Anspannung löst sich und ich sehe ganz deutlich vor mir, wie ich mit Marianne auf einer riesigen gebratenen Ente über eine Autobahn aus getrüffeltem Brie reite. Zwischen den Fahrbahnen wächst junger Salat in den buntesten Farben. Während wir einen Saucisson überholen, schneidet sich am Horizont eine gigantische goldene Brücke durch den Frühlingsnebel, ich gebe der kopflosen Ente die Sporen und wir schweben unter dem goldenen Bogen hindurch. Neben mir keucht und röchelt Mama Audrey, sie hustet und ihre Gesichtsfarbe gleicht dem Inneren der zarten Entenbrust. Paul und Marianne klopfen ihr wie wild auf den Rücken.
»Kannst du jetzt mal endlisch Wasser 'olen?«, fährt mich Marianne an.

Mein Blick kontrolliert die Gläser mit dem Nachtisch. Muttis Nachtisch ist nur zur Hälfte gegessen. Mariannes Glas ist leer und auf ihrem Gesicht kann ich gar kein verliebtes Entzücken erkennen. Der Ring! Audrey würgt, Marianne gießt ihr ein Glas Wasser in die Kehle. Die Augen der Mutter sehen aus wie halb geschälte Radieschen und Pauls Gesicht ist wieder von der altbekannten Skepsis gezeichnet. Er meint, man müsse sofort zum Arzt und dass man ja nie wissen könne, was ich ins Essen getan hätte. Ich bäume mich auf und obwohl ich trotz Gorilla-ähnlicher Körperhaltung immer noch einen Kopf kleiner bin als er, fühlt Paul sich herausgefordert, stützt die Fäuste in die Hüften und blickt zu mir herab.
»Fais gaffe, il fait du karaté*«, ruft Marianne ihrem Vater zu.
»Ähm, lass mal, Chérie, ich werde hier nicht meine Fähigkeiten einsetzen, um eine Meinungsverschiedenheit mit deinem Vater zu klären. Das wäre unfair. Ich schlage vor, wir fahren tatsächlich mal rüber ins Klinikum, um sicherzugehen.«

Im Wartebereich der Notaufnahme glätten sich die Wogen. Paul meint, dass die Ente trotz der Umstände sehr gelungen gewesen wäre, und dass er nun nicht nur ein anderes Bild von mir, sondern auch von der deutschen Kultur als Gesamtes hätte. Er meint, man könne das Brot gegen etwas Besonderes tauschen – vielleicht eine Rosmarin-Pannacotta oder so etwas in der Art – aber sonst … Die Tür vom Behandlungsraum öffnet sich und Mariannes Mutter wird von einer Krankenschwester herausgeführt. Alles ist in Ordnung.

* *Pass auf, er kann Karate.*

Auf der Heimfahrt sitzt Audrey neben mir auf der Rückbank des Taxis. Heimlich schiebt sie mir einen Umschlag rüber. Das darin befindliche Ultraschallbild zeigt neben einer verfetteten Leber und Entenresten auch das klare Bild eines Ringes. Mariannes Mutter lächelt und hält sich den Zeigefinger an die Lippen.

»You have to wait a little bit«*, flüstert sie mir ins Ohr.

»Ich weiß nicht, ob ich den Ring wiederhaben will«, flüstere ich zurück.

Sie deutet auf Paul, der vorn sitzt, und ergänzt: »You have to wait for him. I think he is not ready yet.«**

* *Du musst noch etwas warten.*

** *Du musst auf ihn warten. Ich glaube, er ist noch nicht bereit.*

Schallplatte mit Eiswürfeln

Mit einer allgemeinen Körperbeherrschung von etwa 60 Prozent betrete ich Freitagnacht die kleine Pizzeria in der Petersburger Straße. Im Schlepptau mein Freund Micha, der es auf ganze 45 Prozent klares Bewusstsein bringt. Micha steht und geht selbstständig und man kann seinen Aussagen gerade noch folgen.
Einer der größten Vorteile der urbanen Lebensart ist die Tatsache, dass man während der wochenendlichen Kneipentouren auch noch zu ungewöhnlichsten Uhrzeiten an fast jeder Ecke Berlins etwas Warmes zu essen bekommen kann. Die Lobby des Verbandes für Magenschleimhauterkrankungen, -geschwüre und Sodbrennen subventioniert in meinem Kiez mehrere Imbissbuden, Dutzende Falafelläden und etwa zehn Pizzerien mit Öffnungszeiten bis spät in die Nacht.

Völlig übermüdet empfängt uns der Inhaber: »Ich wollte eigentlich gerade zumachen. Was wollt ihr denn? Ich könnte euch noch eine Pizza machen, aber Nudeln oder Salat habe ich leider nicht mehr.«
Es ist, als ob eine Gruppe Tour-de-France-Fahrer versucht, am Ende einer Bergetappe einen kleinen Plausch zu halten. Am liebsten würden wir drei uns einfach auf die Terrakottafliesen des Thekenbereiches legen und aneinandergekuschelt einschlafen.

»Pizza wäre cool, wenn das ok ist. So zwei normale mit Pilzen und Schinken? Und ich nehme noch zwei von den kleinen Wodkas hier.«
»Non c'è problema! Meine Frau schläft sowieso schon. Setzt euch, setzt euch.«
Er schaltet den Steinofen wieder ein, holt Teigkugeln aus einer Schublade und legt los. Ich nehme zwei der kleinen Gorbatschow-Fläschchen von der Glastheke und setze mich mit Micha an einen der mit karierten Siffdecken bespannten Tische.

»Die Deutschen können sich ruhig mal eine Scheibe vom Service der Italiener abschneiden«, sage ich zu Micha und proste ihm zu.
»Ich glaube, der Typ ist Tunesier. Vorher war hier ein tunesischer Laden, da hat der hier auch schon gearbeitet und immer tunesisch gesprochen. Der Laden lief aber nicht. Jetzt machen sie Pizza«, lallt Micha.
»Kann sein, jetzt wo du es sagst. Und davor gab es hier Gyros. So oft wie der Laden schon Neueröffnung hatte, spricht der Kerl bestimmt schon fünf oder sechs Sprachen.«
Micha zuckt mit den Schultern und ext den Wodka. Da unser Gastgeber den Ofen wohl in Vorfreude auf einen menschenrechtskonformen Feierabend bereits ausgeschaltet hatte, benötigt unsere Pizza die Fastfood-Ewigkeit von sage und schreibe 20 Minuten. Mir macht das eigentlich nichts aus, aber ich denke an seine Frau, die, wie Marianne, ohne den Liebsten schlechter schläft.
»Wir essen auch ganz schnell und sind in zehn Minuten weg«, beruhige ich ihn, als er uns die Pizza serviert.
»Non c'è problema!«, grinst er zurück. »Buon appetito!«

Die Pizzen sehen erbärmlich aus. Der Käse ist kaum zerlaufen und dem Teig fehlt die erwartete Bräune. Knusprig scheinen sie trotzdem zu sein, allerdings weniger wie ein Brot, mehr wie eine Laubsägearbeit. Die geringe Temperatur des Ofens hat bei dem italienischen Teigfladen keinen Backvorgang hervorgerufen, sondern lediglich die Flüssigkeit aus dem Teig getrocknet. Schneiden ist unmöglich. Ich breche ein Stück ab, probiere und mache ein komisches Gesicht in Michas Richtung.
»Scheiße! Das kann man nicht essen. Der Belag ist kaum warm, geschweige denn gar, und der Teig fühlt sich im Mund an wie Plastik.«
»Hast recht«, flüstert Micha und aus seinem Mund knistert es, als zerkaue er eine Glühbirne. »Und jetzt?«, fragt er.
»Na ja, trotz aller Freundlichkeit des Typen können wir uns das nicht bieten lassen. Das Ding ist eigentlich ungenießbar. Aber ich habe Hunger wie Sau. Ich esse das jetzt trotzdem«, entgegne ich.
»Ja, ich auch.«
»Aber wir müssen was sagen«, meine ich energisch. »Abgesehen davon, dass wir dafür bezahlt haben, wollen wir ja nicht, dass er mit dem Schund pleitegeht und schon wieder eine neue Sprache lernen muss.«
Micha knuspert und nickt.

Während manch einer in so einer Situation eine Bühne für seinen Geltungsdrang oder ein Gegengewicht zu seiner gesellschaftlichen Kleinschwänzigkeit findet, ist es mir wahnsinnig unangenehm, mich zu beschweren. Meistens, weil ich den Stress des Personals nachvollziehen kann, oft aber auch, weil ich angesichts der nachfolgenden Konfrontation ein Gefühl bekomme, das von meiner Generation völlig fehlgefühlt wird. Angst. Im Gegensatz zu unseren Großeltern, die vor Krieg, Hunger und Armut Angst hatten, fürchten wir uns vor einer schlechten eBay-Bewertung, vor dem Verpassen eines *Tatorts* oder eben davor, in eine ungewöhnliche zwischenmenschliche Situation zu geraten. Eine, die mehr Schneid erfordert, als den »Freund-entfernen«-Button bei Facebook zu klicken.

»Albern, dass man sonst immer die Klappe hält«, meint Micha.

»Ja«, sage ich, »wir sollten uns heute mal beschweren. Mal was sagen, wenn uns etwas nicht passt.«

Wir machen Entwürfe auf einer Serviette, feilen an der Formulierung und am Ton, verteilen die Rollen, einigen uns auf eine klassische Strategie. PNP – Positiv-Negativ-Positiv, eine Kritik wird von zwei Belobigungen umschlossen und dadurch quasi per Trojanischem Pferd dem Gegner untergejubelt.

»Auf alle Fälle noch mal danke, dass du uns so spät noch was zu essen gemacht hast. Allerdings schmeckt es wie eine Schallplatte mit Eiswürfeln. Die Tischdecken sind sehr schön«, formuliert Micha.

»Nicht schlecht«, sage ich, »auch wenn es noch etwas holprig daherkommt und im Ausklang einen Hauch zu gestellt klingt.«

Wir beschließen, das zweite Positive zu improvisieren. Nach gut zehn Minuten haben wir je zwei Drittel der Plexiglas-Pizza gegessen und spielen einen satten Eindruck. Der große Moment ist gekommen. Der Pizzabäcker kommt an unseren Tisch und räumt die Teller ab. Wir sind bereit.

»Ist nicht so schlimm, dass ihr so spät noch was wolltet«, sagt der Gastro-Kosmopolit. »Ich bin ganz froh, dass ihr gekommen seid, denn im Moment kann ich jeden Euro gebrauchen. Wir haben gerade ein neues Baby bekommen und der Laden läuft wirklich beschissen. Hat es euch denn wenigstens geschmeckt?«

»Ja, danke!«, antworten Micha und ich im Chor.

Pünktlich sein oder nicht sein

Als ich ein Kind war, bestand ein großer Teil meiner Freizeit aus Warten. Ich wartete auf Weihnachten, auf den Geburtstag, auf die Ferien oder darauf, endlich groß genug zu sein, um in der Schule dem asozialen Walter die Rumschubserei heimzahlen zu können. Rückblickend betrachtet habe ich sogar bis zu meiner Jugend auf den Fall der Mauer gewartet.
Manchmal kam es auch vor, dass ich das Warten für andere Leute übernehmen musste. Beispielsweise wenn meine Mutter oder meine Oma mich in den Konsum schickten, um dort auf die Zuteilung von Zitronen, Schweinebraten oder simplen Brötchen zu warten, denn die DDR-Führung hatte damals regelmäßig Berechnungsfehler in der Kalkulation, wenn es um das Verhältnis zwischen Produktion und Bedarf ging. Klar wie Kloßbrühe, dass ich als befreiter Ossi heute kein Paradebeispiel ausgeprägter Geduld und somit auch kein Freund von Unpünktlichkeit bin.

Man muss kein Humboldt sein, um zu wissen, dass Pünktlichkeit nicht in jedem Kulturkreis derart stark ausgeprägt ist wie in dem unsrigen. Ich tänzle vor dem Kartenabreißer der Schaubühne hin und her, als ob ich aufs Klo müsste. Marianne ist schon acht Minuten zu spät. Sie stammt schließlich nicht wie ich aus dem Osten, sondern aus dem West-Westen, wo Uhren ausschließlich als Schmuckstück dienen und wo Termine bestenfalls Vorschläge sind, die mit mediterraner Leichtigkeit behandelt werden sollten.

Marianne kommt immer zu spät. Meist sind es etwa zehn Minuten. Jetzt sind es schon zwölf und die letzten Besucher der Schaubühne gehen in den Saal 1, während ich nervös zur Eingangstür blicke. Ostermeiers *Hamlet*-Inszenierung mit Lars Eidinger in der Hauptrolle. Titanen des Theaters. Karten zu bekommen war quasi unmöglich. Ich musste bei meinem Chef den Bückling machen, auf den Knien kriechen und mit Gegenleistungen um mich werfen. Er hatte noch zwei Karten aus einem Theaterabo, das ihm neben der Nietzsche-Gesamtausgabe und einem Audi A8 ausschließlich als Prestigeobjekt dient.

Fünf Minuten nachdem ein bereits desillusionierter Schauspielstudent die schwere Tür zur Hochkultur geschlossen hat, klackert Marianne mit stoischer Ruhe den langen Gang entlang.
»'at es schon angefangen?«, fragt sie mich völlig entgeistert. »Schau nischt so böse. Kann ja keiner ahnen, dass sie pünktlisch beginnen. Isch 'atte die falschen Schuhe an und musste noch mal zurück.«
Nein, ahnen kann man das wirklich nicht. Aber man sollte es nach der ganzen Zeit in Berlin langsam wissen.
»Ist nicht so schlimm. Hauptsache, du hast es noch geschafft.«
Ein Wunder, dass ich von dem geheuchelten Satz kein Nasenbluten bekomme.
»Meinst du, dass wir noch reinkommen?«, fragt Marianne.
Der Student sieht mit seinen langen Haaren und einem viel zu großen gelben Hemd aus, als käme er per Zeitma-

schine direkt aus Woodstock, doch von Love & Peace kann hier keine Rede sein. Man habe lange genug auf die Nachzügler gewartet und bereits mit einer außerplanmäßigen Verspätung von zwei Minuten begonnen. Augenscheinlich genießt der Theaterhippie seine spontan expandierende Macht über unsere Abendgestaltung, denn er nutzt diese schamlos aus. Nicht ein Zehn-, nein, erst ein Zwanzigeuroschein in seine gierige Tasche verschafft uns regelwidrigen Einlass in die bereits begonnene Vorstellung. Wir steigen in dem völlig abgedunkelten Zuschauerraum über die Knie der achten Reihe. Platz elf und zwölf. Ich nehme das Licht meines Handydisplays zu Hilfe, um nicht auf die Füße derer zu treten, die mit einer pünktlichen Begleitung erscheinen durften. Hamlet ist mitten in einem Monolog über die mangelnde Pietät seiner Mutter gegenüber dem toten Vater.

»Wirklich, sie hing an ihm, als hätte der Appetit beim Essen noch zugenommen, und trotzdem, innerhalb eines Monats, ich mag gar nicht dran denken … Schwäche, dein Name ist Frau!«*
Plötzlich unterbricht Eidinger Hamlets Satz und brüllt: »Ey! Macht mal das Licht an!«
Ein Raunen geht durchs Publikum.
Im Saal wird es hell und die sieben Reihen vor mir drehen sich zu mir um. Marianne sitzt bereits, während ich in gebückter Haltung, mein Handyleuchten auf den Boden gerichtet, zur Bühne schaue.

* *William Shakespeare,* Hamlet, *deutsch von Marius von Mayenburg, Spielfassung der Schaubühne am Lehniner Platz Berlin, 2008*

»Ey, du!« Alle schauen zu Hamlet. »Meinst du, ich sehe dich nicht? Du da mit deinem iPad, iPhone, Apple-Teil. Wenn du nicht pünktlich sein kannst, dann bleib gefälligst draußen, Mann. Das ist ein Theater. Ich habe hier Monologe zu stemmen.«
Die sieben ersten Reihen drehen sich wieder zu mir. In Erwartung eines unterstützenden Aufschreis der Empörung über Hamlets Rüge schaue ich Marianne an. Sie kramt in ihrer Handtasche und tut so, als ob sie nicht zu mir gehöre. Ich bin mir nicht ganz sicher und frage daher nach: »Sag mal, Schatz, grinst du?«
»Wie wäre es mit Hinsetzen? Ich würde jetzt ganz gerne weiter über den Tod meines geliebten Vaters trauern«, brüllt mich Hamlet an.

Ich setze mich in die kopfschüttelnde Menge. Das Licht geht wieder aus. Ich hatte zwar von Eidingers Reaktionen auf Theatergäste, deren Handys während der Vorstellung klingeln oder die mal aufs Klo müssen, gelesen, allerdings dachte ich nicht, dass jene auf solche Weise ins Stück eingebunden würden. Am liebsten hätte ich jedem im Saal erklärt, dass wir nur aufgrund einer Schuhproblematik sowie der charakterlichen Unart einer Französin zu spät seien. Und überhaupt, dass ich – also ich – ja pünktlich gewesen sei. Dabei wollte ich noch nicht mal hierher. Mein letzter Theaterbesuch 1987 mit meiner Schulklasse hatte mich traumatisiert. In einer modernen, sozialistischen Interpretation des *Rotkäppchen* begegnete eine Thälmann-Pionierin mit rotem Halstuch einem westdeutschen Menschenhändler im Köpenicker Forst und wurde am Ende irgendwie von einem NVA-Soldaten gerettet. Und jetzt das!

»Soll der nackte Dicke mit der Frisch'altefolie 'oratio sein?«, fragt mich Marianne leise.
Eidinger rennt mit einer Kamera in der Hand, blutverschmiert und nur mit halterlosen Strümpfen und Perücke bekleidet über die Bühne. Zwischendurch beschmiert er Horatio abwechselnd mit Blut und Milch. Marianne wollte hierher. Unbedingt. Und dann kommt sie auch noch zu spät.
»Wie schafft ihr das in Frankreich eigentlich, dass das gesellschaftliche Leben nicht komplett zusammenbricht, wenn alle immer zu spät kommen?«, frage ich flüsternd Marianne.
Sie zeigt mir unauffällig die Kontakte in ihrem Telefon. Dort sind bei allen Franzosen neben den – wie es sich für eine Frau gehört – jeweiligen Geburtsdaten auch die persönlichen Verspätungseinheiten verzeichnet. Zu meinem Erstaunen ist im französischen Betriebssystem des Telefons sogar eine spezielle Eingabezeile dafür vorgesehen. Bei Cécile sind plus zehn Minuten eingetragen, bei Frédéric 25 und bei Sophie ist es sogar eine ganze Stunde. Falls gewünscht, kann man durch gezielte, individualisierte Falschangaben eines Termins alle beteiligten Franzosen zur gleichen Zeit an einem Ort erscheinen lassen. Wenn man zusätzlich noch die eigene Verspätung sowie die des Busses verrechnet und den verschobenen Beginn der Veranstaltung einbezieht, können Franzosen sogar pünktlich sein – nur eben ein paar Minuten später als wir Deutschen. Irgendwie logisch. Allerdings hat dies noch niemand versucht, da man davon ausgeht, dass aufgrund eines Zeitparadoxons das Universum oder zumindest Frankreich explodieren würde.
»Steht bei mir auch was?«, frage ich.
»Ja. Minus sieben«, flüstert Marianne.

Das Licht im Saal geht wieder an.
»Ey, mir reicht es jetzt. Ich sehe, wie dein Gesicht von deinem scheiß Smartphone angeleuchtet wird! Wie wäre es, wenn du einfach rausgehst?«, schlägt Hamlet von der Bühne aus vor.
Das Theaterpublikum blickt empört zu Marianne, die ruckartig ihr Handy wegsteckt. Alles ist ganz still.
»Komm, Schatz, ich glaube, es ist besser, wir gehen, als hier zu warten, bis das Stück vorbei ist«, sage ich zu Marianne und nehme ihre Hand. Ich muss zugeben, dass es mich etwas Anstrengung kostet, nicht ein klein wenig zu grinsen.
Wir verlassen unter tosendem Applaus den Saal. Eine gute Entscheidung. Marianne muss sowieso mal ganz dringend pinkeln und ich muss morgen früh raus, um den Audi meines Chefs zu waschen.

Adventskrampf

Zu DDR-Zeiten war die Adventszeit eine der wenigen Möglichkeiten, Handelsbeziehungen zur BRD aufzunehmen, zumindest auf privater Ebene. Der Bruder meiner Oma schickte bereits im Herbst ein Paket in die Zone, das mit Zutaten für mehrere Christstollen gefüllt war. Der gemeine Westdeutsche hatte zwar im Gegensatz zu uns permanent freien Zugang zu Rosinen, Orangeat und Marzipan, jedoch keine ausreichende Fachkenntnis über die Zubereitung des aufwendigen Gebäcks. Daher stand meine Oma ab November jedes Wochenende in der Küche und bereitete neben den Kohlgerichten für den täglichen Nahrungsbedarf auch mehrere Christstollen zu, um sie ein paar Wochen später auf die andere Seite der Mauer zu schicken. Als Lohn für ihre Backarbeit hatte der Großonkel den Zutaten vier Pfund Jacobs Krönung beigelegt, von denen zwei bei ihr ankamen. Die anderen beiden sind irgendwo an der Grenze aus einem Loch im Paket herausgefallen, das die Staatssicherheit vor dem Weitertransport freundlicherweise zuklebte. Ebenso verhielt es sich mit den Christstollen, die ihre Reise in die entgegengesetzte Richtung antraten. Und dennoch pflegten die beiden Geschwister diese Tradition bis in ihre letzten Tage, obwohl sie die Ära der DDR dann bereits weit hinter sich gelassen hatten.

Ich für meinen Teil hatte mit dem Großonkel aus dem Westen eine ganz besondere Geschäftsbeziehung. Ich kaufte jedes Jahr auf dem Weihnachtsmarkt eine handgeschnitzte Pyramide und einen Nussknacker aus dem Erzgebirge und schickte beides in den Westen. Dort verkaufte er die Raritäten für harte Devisen an nostalgisch geprägte Rentner und teilte bei seinem nächsten Besuch in der sozialistischen Republik den Gewinn mit mir. Die so gewonnene harte Währung investierte ich im Intershop, in dem man für Ostmark nichts bekam, in einige Tonträger des Klassenfeindes sowie einen Kassettenrekorder mit Doppelkassettendeck und stieg an meiner Schule ins lukrative Raubkopiergeschäft ein.

Seit dem Wegfall der Mauer machen ganz andere Leute die großen Gewinne in der Vorweihnachtszeit. Ich halte mich dem Treiben vorzugsweise fern. Marianne ist da ganz anders. Wenn die Adventszeit anbricht, kommt es mir so vor, als seien der Grund, warum sie nach Berlin gezogen ist, nicht ihre Doktorarbeit oder unsere süße Liebe, sondern die Weihnachtsmärkte unserer Nation.

Während sich in Frankreich diese Form christlicher Tradition im Großen und Ganzen auf die Regionen Elsass und Lothringen beschränkt, wird in Deutschland jedes noch so kleine Kaff jährlich von industriell gefertigten Stollen, schokoladenüberzogenen Wintererdbeeren und meterlangen Bratwürsten überschwemmt. Allein in Berlin gibt es zig Varianten des winterlichen Wahnsinns. Vom dänischen oder britischen Weihnachtsmarkt über Design- und Hipsterversionen bis hin zum Markt für die schmerzfreie Unterschicht am Alexa Einkaufszentrum. Franzosen sind verrückt nach diesen Märkten, dementsprechend findet Marianne sie alle toll und würde jedem einen Besuch abstatten, wenn ich sie nicht mit meiner Weihnachtsnegation bremsen würde.

Ich liege in einer Hängematte am Strand der Insel Culebra und Natalie Portman massiert gerade meine Füße, als Marianne mich aus meinem süßen Traum weckt.
»Weihnachtsmarkt, Weihnachtsmarkt!«, wiederholt sie ständig, während sie wie ein Kind, das es sich zur Aufgabe gemacht hat, das Sexualleben seiner Eltern auf Sparflamme zu halten, auf unserem Bett herumhüpft.
Die gestrige Firmenweihnachtsfeier war hart und mein Körper ist noch mit der Blutwäsche beschäftigt.
»Was ist los? Wie spät ist es? Wieso willst du schon wieder auf den Weihnachtsmarkt?«, frage ich.
»Schon wieder? Das ist ein Jahr 'er! Es ist schon Mittag. Los, los, los!«, drängelt sie, während sie mich ins Bad schiebt.

Im Internet hat sie sich den Rixdorfer Weihnachtsmarkt rausgesucht, eine Art Protestveranstaltung zum üblichen Trara, bei dem ein Großteil der Stände von Anwohnern, Hippies und Vereinen für Gesellschaftsaussteiger geführt wird. Handgemachte Geruchskerzen, Sojaplätzchen und heiße Mate zwischen unbehandeltem Holzspielzeug und Selbstgetöpfertem sexuell unausgeglichener Bio-Mütter. Das klingt großartig. Ehe die Wirkung der Kopfschmerztablette richtig eingesetzt hat, befinden wir uns auf dem Weg nach Rixdorf, der ehemaligen böhmischen Siedlung mitten in Neukölln. Die vergleichsweise kleinen Häuser wirken wie Fremdkörper im orientalisch geprägten Drumherum, ebenso die kiezfremden Gäste des Marktes. Fernab jedes Anzeichens eines Problembezirks erschließt sich eine Oase des Bürgertums. Ein Kinderwagen oder Tragetuch pro Pärchen ist das Minimum. Marianne ist völlig in ihrem Element und rennt wie ein kleines Mädchen auf den ersten Stand zu.

»Isch nehme einen Kakao, bitte!«, sagt sie zu der rotnäsigen Tante mit der peruanischen Mütze hinter dem Campingtisch. »Willst du auch etwas?«
In Anbetracht der ausweglosen Situation und wegen meines restalkoholisierten Zustandes entscheide ich mich für einen Konterglühwein.
»Was benutzen die eigentlisch für Wein? Isch meine, einen Pinot oder Merlot? Die werden doch wohl keinen Bordeaux nehmen?«, fragt Marianne.
»Na klar, nehmen die Bordeaux«, sage ich, »wahrscheinlich sogar den 2005er. Den mag hier doch sonst kaum jemand. Die Deutschen trinken lieber Chianti und Vino Tinto.«
»Oh nein, wie kann man einen Bordeaux nur so kaputtmachen?«
»Da kommen dann Nelken rein, Orangenschalen und ganz viel Zucker«, lege ich nach.
Marianne ist kurz vor den ersten Tränen.
Die Rotnase mischt sich ein: »Das ist Dornfelder aus Rheinhessen und wir nehmen ausschließlich Biogewürze.«
Marianne kneift ihr Gesicht zusammen und schlägt mir mit der einen Hand gegen die Schulter, mit der anderen fächelt sie sich Luft zu.
»Du veräppelst misch«, sagt sie erleichtert. »Dass ihr gekochten Wein mit Zucker trinkt, werde isch nie begreifen.«
»Das hat bestimmt der gleiche Typ erfunden, der auch als Erster einen Camembert paniert, frittiert und mit Preiselbeermarmelade beschmiert hat«, stichle ich hinterher.
»Fin. Fang nischt schon wieder damit an, das ist total ekelisch.«
Ich liebe es, Marianne mit paniertem Camembert zu ärgern, auch wenn sie es mit einem weiteren Schlag auf meine Schulter straft.

Wir bleiben an jedem Stand des Weihnachtsmarktes stehen, um zu überprüfen, was dort zu absurden Preisen gekauft werden kann. Glasperlenspiele, Mobiles und Plunder aus Filz. Zur Sicherheit habe ich ein paar tausend Euro in bar dabei für den Fall, dass man eventuell noch eine Kleinigkeit essen möchte oder die Liebste sich in einen selbstgestrickten Schal verliebt.
»Selbstgestrickt in Bangladesch vielleicht«, denke ich aus Versehen laut.
»Was meinst du?«, fragt Marianne.
»Ich fragte, ob wir unbedingt an jedem Stand stehen bleiben müssen.«

Aber da ist es schon zu spät. Mariannes Blick klebt an einem Schwibbogen aus dem Erzgebirge fest und ihre Augen leuchten, als würde jemand kostenlos Austern ausgeben. Kostenlos ist das sinnfreie Holzgerippe aber keineswegs – 180 Euro steht auf dem Zettelchen neben den zurechtgeklebten Buchenholzresten.
»Ist das so ein Ding, was man ins Fenster stellt und es leuschtet dann?«, fragt sie mich ganz aufgeregt.
»Ja, ein Schwibbogen, aber anscheinend fehlt da ein Komma auf dem Preisschild.«
Der Verkäufer beginnt, seine Argumentationsbatterie abzufeuern: »Das ist alles echte Handarbeit. Schauen Sie mal, wie detailliert die Krippensituation dargestellt ist. Alles Einzelstücke.«
»Was willst du damit?!«, frage ich Marianne.
»Ans Wohnzimmerfenster stellen und leuschten lassen!?«
Wir beide schauen uns an, als hielten wir uns gegenseitig für total bescheuert. Marianne denkt ernsthaft, dass ich so ein Ding mit Kerzen neben die Vorhänge stelle, damit wir

eines Nachts als Holzkohlestückchen erwachen. Ihr Blick lässt mich allerdings in Sekundenschnelle weich werden.
»Okay, okay, wir kaufen einen, aber lass uns mal an einem anderen Stand schauen, ob es dort günstiger ist«, sage ich, während ich sie mit leichtem Druck vom Geschnitzten wegschiebe. Das Ding muss ja nicht unbedingt aus dem Erzgebirge sein. Die Chinesen sollen ja mittlerweile ähnliche Fähigkeiten im Anfertigen von deutscher Traditionsware haben. Vielleicht bleibt dann sogar noch etwas Geld für einen Rauchmelder übrig. Wenn es möglich wäre, den Reiz, den Weihnachtskitsch auf viele Frauen ausübt, zu isolieren und in Flaschen abzufüllen, könnte man damit Millionen verdienen.

Aufgeregt trippelt Marianne neben mir her, bis wir endlich am nächsten Stand mit Holzware ankommen. Und siehe da, die Preise liegen zu unserer großen Verwunderung Lichtjahre unter dem Erwarteten.
»Ehm, schau mal, Chérie, das Räucherhäuschen hier kostet nur fünf Euro und der Holz-Nikolaus nur acht«, sage ich.
Mariannes Mimik ist einem eingefrorenen Grinsen gewichen. Das Einzige, was sich bewegt, sind ihre aufgerissenen Augen, mit denen sie den kompletten Inhalt des Standes abscannt. Ich tätschle leicht ihre Wange und spreche sie vorsichtig an: »Hey, Schatz, alles in Ordnung. Hast du gesehen? Sie haben sogar deine Schwibbögen für nur 18 Euro.«
Doch sie ist noch in einer Art euphorischer Starre und in ihrem offenen Mund beginnt sich Speichel zu sammeln.
Ich wende mich an den jungen Mann hinter dem Stand: »Guten Abend. Sagen Sie, 18 Euro für einen Schwibbogen? Wieso sind die so günstig? Ist das C-Ware oder gepresster Atommüll oder so was? Kosten die alle gleich viel?«

»Alle Bögen kosten 18 Euro. Wir sind vom Anti-Drogen-Verein«, antwortet er. »Wir sägen die Teile hier in Neukölln als Wiedereingliederungsmaßnahme und verkaufen sie zum Selbstkostenpreis. Nur Materialwert und Werkstattkosten.«
Marianne dreht langsam ihren Kopf zu mir und setzt einen Hundeblick auf. Statt »Fass!« lautet das Kommando aber in diesem Fall: »Such dir einen aus!«
Der ehemalige Abhängige zeigt ihr jeden Schwibbogen mit einer Seelenruhe und erläutert die christlichen Motive, als wäre er ein Theologieprofessor. Plötzlich habe ich eine Idee.
»Schatz, sollen wir nicht gleich mehrere nehmen?«
Ich wende mich übergangslos an den Verkäufer: »Wie viele Bögen haben Sie denn hier im Angebot? Kommen wir auf zehn Stück?«
»Du meinst auch für die anderen Fenster?«, fragt Marianne begeistert, während der Mann hinter der Theke zu zählen beginnt.
Ich flüstere ihr ins Ohr: »Ich dachte, wir kaufen gleich zehn und du suchst dir zu Hause in Ruhe den Schönsten aus. Die anderen verkaufen wir dann bei eBay für das Zehnfache. Du lässt die Dinger hier schon mal gut einpacken und ich hole schnell das Auto, okay?«
»Zehn Stück?«, zweifelt Marianne und wirkt etwas enttäuscht.
Sie hat völlig recht. Vielleicht kann der Verein ja noch mehr produzieren. Jetzt haben wir Anfang Dezember, wenn ich die Teile nächste Woche online stelle, können sie noch vor Heiligabend ausgeliefert werden.
»Wie viele können Sie denn in Ihrem Verein – sagen wir mal in einer Woche – produzieren?«, erkundige ich mich.
Der Mann sieht mich komisch an.
»Also, wenn alle ehemaligen Drogensüchtigen in Neukölln

gemeinsam anpacken und wir ein oder zwei Nachtschichten schieben, könnten wir noch einmal 20 Stück für Ihren eBay-Shop sägen.«
Ich schaue etwas verdutzt. Wahrscheinlich habe ich zu laut geflüstert.
Der Verkäufer fährt fort: »Mit etwas Kokain ginge es natürlich schneller. Vielleicht fragen Sie aber lieber am HIV-Stand noch mal nach, die zittern nicht so beim Sägen. Am Alzheimer-Stand daneben gibt es auch direkt handgemachte Kerzen im Zehnerpack für einen Euro. Und die Damen aus dem Frauenhaus malen Ihnen wunderbare Postkarten für Ihren nächsten Flohmarktstand.«

Den letzten Satz seines zynischen Vortrags bekomme ich schon gar nicht mehr mit, da ich bereits beschämt und gedemütigt den Rückzug angetreten habe. Marianne ist wieder den Tränen nahe und ich kann den heraneilenden Heulkrampf sowie mein künftiges Schicksal im Fegefeuer nur mit einer Ablasszahlung von rund 400 Euro aufhalten. 180 für einen Schwibbogen aus dem Erzgebirge vom ersten Stand, 20 für einen Rauchmelder und weitere 200 als Spende für den Anti-Drogen-Verein, die ich zwei Wochen später mit einem selbstgebackenen Stollen nach Omas Rezept vorbeibringe.

Wir bleiben alle

Unsere Nachbarn in Frankreich demonstrieren gerne. Jede noch so kleine Einschränkung der bestehenden Lebensqualität durch die Regierung straft der gemeine Franzose mit gezielter Arbeitsniederlegung. Marianne lebt als Parisienne zwar im Berliner Exil, dennoch entflammt ihr sozial-patriotisches Herz, wenn zwischen Normandie und Provence der Milchpreis dermaßen sinkt, dass die Bauern sich die Gänsestopfleber fürs Abendbrot nicht mehr leisten können. Sie fühlt sich dann berufen, ihre Landsleute aus der Ferne zu unterstützen, und legt ebenfalls die Arbeit nieder – zumindest die unbezahlte. Bei ihrem Nebenjob in Berlin-Mitte habe man, so Marianne, kein Verständnis für ihre Solidarität mit den Milchbauern und so sähe sie keine andere Möglichkeit, als ihren Anteil an der Hausarbeit niederzulegen. Schon aus Liebe zu ihr müsse ich diesen symbolischen Akt respektieren. So kommt es regelmäßig dazu, dass ich nach über zehn Stunden in der Medienbranche französische Söckchen zum Trocknen aufhänge, Bettwäsche wechsle und das Essen zubereite, während Marianne auf der Internetseite von *Le Monde* die Lage in Paris verfolgt.

»Du setzt disch für nischts ein, was?«, fragt Marianne.
»Natürlich setze ich mich für etwas ein! Ich gebe jedem Punk in meiner Nachbarschaft, der mich fragt, einen Euro oder eine Zigarette.«

Das kostet mich im Monat etwa 20 Euro und eine Schachtel Kippen. Wenn die Punks in meiner Straße rumhängen, bleibt der Attraktivitätsgrad der Wohngegend dementsprechend stabil und niemand kommt auf die Idee, hier irgendwas zu investieren oder gar meine Miete zu erhöhen. Bei einer durchschnittlichen Mieterhöhung von fünf Prozent wäre ich bereits 35 Euro monatlich los und würde wahrscheinlich aus Frust doppelt so viel rauchen.
»Das reischt nischt«, meint Marianne. »Vielleischt solltest du disch auch einmal ernsthaft mit deinem Kiez auseinandersetzen.«
Ich liebe es, wenn sie »Kiez« sagt. Wir wohnen in Berlin-Friedrichshain, einer ehemaligen Hochburg der linken Szene mit allerlei bunten Hausbesetzern, Künstlern, Trinkern und sonstigen Gestalten, die langsam, aber sicher der Gentrifizierung zum Opfer fallen und in die entlegenen Stadtteile außerhalb des S-Bahn-Rings ziehen müssen.

Ein Flyer flattert in meinen Briefkasten. »Scharni bleibt« steht in einer Pinselschrift darauf, nebst dem Aufruf zum heutigen Protestmarsch durch den Bezirk. Anscheinend schlägt der Kapitalismus mit einer Besetzerhaus-Räumung zu, um weiteren Platz für süddeutsche Gesellschaftsaussteiger zu schaffen. Ich spüre in mir die Unart reifen, gegen die Zugezogenen, die nach mir kommen, zu protestieren. Gleichzeitig ist die Demo für mich aber auch ein Ticket zur Bewunderung durch meine basisdemokratische Freundin. Marianne ist bei einem XING-Treffen der Gruppe »Franzosen in Berlin«. Ich beschließe, sie mit einem Anruf aus dem Gefängnis von meinem Lokalengagement zu überzeugen.

Bevor ich mich aufmache, noch schnell ein prüfender Blick aufs Alkimeter. Je nach Außentemperatur versammelt sich gegenüber vor dem Späti eine bestimmte Anzahl junger Männer, um gemeinschaftlich ein paar Sternburg Pilsener Export zu trinken. Ein durstiger Mann – ein Grad, zwei durstige Männer – zwei Grad und so weiter. Im Bereich zwischen einem und 20 Grad ist das Alkimeter genauer als das digitale Ding, das mir meine Mutter zum Einzug geschenkt hat. Außerhalb dieses Temperaturbereichs zeigt das Messinstrument allerdings einen exponentiellen Wert an. Im Hochsommer stehen dort an die 50 durstige Männer. Heute sind es fünf.

Warm eingepackt komme ich am Treffpunkt Boxhagener Platz an. Es ist schon eine Menge los. Polizeimannschaften, Jusos, Grüne, die Kids von der Antifa, einige Kiezanwohner sowie an die tausend Studenten und Studentinnen der Fotografie im ersten Semester lümmeln erwartungsvoll neben der totgetretenen Wiese herum. Ich stehe zwischen den grinsenden Mädels mit den Bench-Jacken und den digitalen Spiegelreflexkameras, werde zuerst angestarrt, dann hemmungslos fotografiert. Meine Eitelkeit zieht mir den Schal ins Gesicht und ich schlendere rüber zum schwarzen Block an der Spitze des Zuges. Dort falle ich nicht so auf, denn auch ich bin völlig schwarz gekleidet, inklusive Kapuze und Handschuhen.

Eine einleitende Lautsprecherdurchsage der Polizei weist die Demonstranten freundlich darauf hin, keine Glasflaschen mit sich zu führen. Allgemeines Gelächter. Ich habe eine Flasche Bionade dabei, bin aber heute dermaßen rebellisch, dass ich den Aufruf schlichtweg ignoriere. Der Zug setzt sich langsam in Bewegung. Die Stimmung ist gut. Es werden Parolen gerufen. »A… – Anti… – Anticapitalista!«, »Die Häuser – denen – die drin wohnen!« Ich sehe vor meinem geistigen Auge die dicken Früchte der Anerkennung wachsen, die ich später vom Baum meiner Beziehung pflücken werde.

Neben mir läuft ein Punk, dem ich letztens einen Euro gegeben habe, und grüßt mich freundlich. Ich biete ihm eine Zigarette an. Er erzählt mir, dass er in der Scharni wohnte und eigentlich einen gültigen Mietvertrag hatte, den er aber durch das Spekulationsmanöver der Eigentümer verlor. Er heißt Freddy. Die zukünftige Miete seiner Wohnung könne er sich nun nicht mehr leisten, weil er gerade eine Umschulung mache, sodass er nun übergangsweise bei Freunden schlafen müsse, was für seinen kleinen Sohn nicht so gut wäre. Wir biegen in die Revaler Straße ein.
»Warum hast du dir keine Wohnung gesucht, als du den Räumungsbescheid bekommen hast?«
»Habe ich ja, aber innerhalb des Rings gibt es wegen der ganzen Medien-Bayern kaum noch bezahlbare Wohnungen und so ohne Auto – kannste vergessen. Ich kann nicht so weit draußen wohnen, wir haben den Kita-Platz und ich muss jeden Tag zur Schule. Ich hab' auch keinen Bock, mich in Wilmersdorf in die Hütte meiner Alten zu hocken. Ich bin froh, dass ich da raus bin.«
»Du kannst ja nicht jeden, der in deinen Kiez zieht, für die Gentrifizierung verantwortlich machen.«
»Mache ich auch nicht. Aber viele suhlen sich im Schatten irgendeiner Szene. Und so halt auch in meiner. Karriere-Heinis auf urbaner Abenteuersuche, deren eigenes Leben so öde ist, dass sie glauben, eine Altbauwohnung in einem zu-

gesprayten Haus würde irgendwie verhindern können, dass sie mal so spießig werden wie ihre Alten in Stuttgart.«
Er mustert meine Kleidung.
»Meine Eltern wohnen in Lichtenberg«, sage ich lakonisch und mache mit mir selbst aus, dass es okay war, an dieser Stelle ein wenig geflunkert zu haben.
Freddy schaut mich ernst an und schweigt. Dann hält er mir seine Flasche Bier zum Anstoßen hin. Ich hole meine Bionade aus der Tasche und erwidere die Geste. Still trotten wir weiter.

Die Sprechchöre haben sich auf ein anderes Thema fixiert. Man skandiert: »Ganz Berlin hasst die Polizei!« und »Gebt den Bullen die Straße zurück – Stein – für – Stein!« Einige Autonome haben sich mit osteuropäischem Feuerwerk eingedeckt und nehmen ein paar lautstarke Sprengungen vor. Über meinen Kopf fliegen ein paar Flaschen hinweg. Meist Sternburg Pilsener Export. In der Warschauer Straße, Höhe Grünberger geht es nicht mehr weiter. Die Polizei hat die Straße dichtgemacht und fährt drei Wasserwerfer auf. Mir geht etwas der Stift, habe ich doch noch die Fernsehbilder der berühmten Wasserschlacht um den Stuttgarter Hauptbahnhof im Kopf. Wahrscheinlich sitzen die besten Kanoniere der Berliner Polizei an den Wasserspritzen und suchen den Schützenkönig.

Es ist voll und man kann sich kaum eigenständig in eine frei gewählte Richtung bewegen. Die Stimmung in meiner schwarzen Gruppe heizt sich auf und es wird spürbar, dass die eigentliche Forderung des Protests einer offensiven Aggression gewichen ist. Freddy habe ich verloren. Es wird gedrängelt.

»Wasser marsch!«, schreit die Menge im Chor. Die Polizei knüppelt sich eine Schneise in die Demonstranten und baut sich vor dem Gleisbett der Straßenbahn auf, um die Masse davon abzuhalten, sich nach einem Knüppelschlag auf die Seite der Gewaltbereiten zu stellen. Doch dafür ist es bereits zu spät. Hinter mir schlagen ziellos geworfene Schottersteine in der Schaufensterscheibe eines Cafés ein. Einen halben Meter weiter rechts und mein Gesicht wäre die Schaufensterscheibe gewesen. Die Polizisten bauen sich vor uns auf. Ich habe genug demonstriert, denke ich, und suche nach einer Fluchtmöglichkeit. Die Spezialeinheiten mir gegenüber klopfen im Takt mit ihren Schlagstöcken auf ihre Schutzschilder und zählen ab zehn runter. Ich komme mir vor wie bei *Braveheart*.

»Ihr provoziert doch selbst die Situation«, rufe ich in die Richtung eines Beamten, während ich vergeblich versuche, mich aus dem Pulk zu befreien.

Der Polizist holt eine Videokamera hervor und beginnt lachend, mich zu filmen. Die zwei Vermummten rechts und links neben mir brüllen mich an: »KETTE!«. Sie haken sich in meine Ellbogen ein und marschieren energisch auf die trommelnden Polizisten zu. Ich werde einfach mitgezogen. Es vibriert in meiner Jackentasche. Ich friemle akrobatisch mein Handy hervor. Es ist Marianne. Sie sagt, der Kampf der französischen Bauern sei gewonnen, sie hätte Milchreis mit warmen Pflaumen gemacht und dass ich zum Essen kommen solle.

Ein Wunder, dass mir nichts passiert ist. Der messerscharfe Strahl der Wasserwerfer hätte mir mit Leichtigkeit einen neuen Scheitel durchs komplette Gesicht ziehen können. Von Stolz über meinen Ausflug an die Front der Gesellschaftskonflikte keine Spur. Ich habe Marianne nicht erzählt, wo ich war, und eigentlich hätte sie es auch nie erfahren, wäre auf dem Titelbild der heutigen *Morgenpost* nicht das Foto eines Autonomen mit iPhone und Bionade gewesen.

Eine Weihnachtsgeschichte

Ich mag die Weihnachtszeit nicht besonders.
Da in der DDR mit Schokoladenhohlfiguren und der Weihnachtstanne, die einfach aus zwei zu schief geratenen Kiefern zusammengeklebt wurde, keine rechte Stimmung aufkommen wollte, hatte man in meiner Familie beschlossen, das Fest darauf zu beschränken, ein Räuchermännchen aufzustellen, für das wir keine Räucherkerzchen hatten, und einen Kiefernzweig an die Kinderzimmertür zu hängen, der mit jedem Öffnen und Schließen derselbigen mehr von seinem grünen Kleid verlor. Vorher hing dort ein von meiner Mutter gebastelter vorweihnachtlicher Kalender. In jedem Fensterchen wartete eine frohe Botschaft auf mich. Während in den Türen eins bis zehn noch festliche Sprüchlein und Gedichte zu finden waren, verbargen sich hinter den folgenden Türchen diverse Bittstellungen wie »Heute Müll runterbringen!«, »Geschirrabwaschtag!« und »Zimmer aufräumen!«. Jede Erziehungsmaßnahme, die meinem intakten Elternhaus in den Sinn kam, war dabei. Am 24. öffnete ich das größte Türchen, in dem ein Zwanzigpfennigstück klebte, nebst der Aufforderung: »Heiligabend. Oma anrufen!« Ein Geschenk bekam ich natürlich auch, meistens eine Hörspielplatte, wie die von Alfons Zitterbacke, dem ostdeutschen Pionierkind, das so dämlich war, dass es mir eine Lehre sein sollte – meinte mein Vater.

Irgendwie ist Weihnachten seitdem eine verbrannte Zeit für mich und wurde von mir konsequent ignoriert, bis ich Marianne kennenlernte. Sie kam auf die grandiose Idee, das diesjährige Weihnachtsfest im Kreise der Pariser Verwandtschaft zu feiern und meine ostdeutsche Mischpoke aus dem dunklen Sachsen zu überreden, die Festtage an der Seine zu verbringen. Meine Eltern waren noch nie in Frankreich und überhaupt sind die letzten Jahre der deutschen Einheit quasi effektfrei an ihnen vorübergezogen.

»Isch esse abor geene Frösche«, sagt meine Mutter, als ich sie am Flughafen Charles de Gaulle in die Arme nehme.

»Ich bin schon zwei Tage hier und habe noch keine Frösche essen müssen, Mama. Keine Angst, ich habe Mariannes Eltern schon Bescheid gegeben, dass du den Rest des Jahres nur Nudeln mit Soße isst.«

»Domadn-Sahne-Soose«, korrigiert mich mein Vater.

Die Rameaux warten im Halteverbot, jeder Cent wird gespart, wer weiß, wie viel die Deutschen so essen, man hört da ja einiges und hat Fotos von Eisbeinen und Kohlrouladen gesehen. Umarmungen folgen, es wird geküsst. Sachsen küssen sich ähnlich häufig wie Franzosen, allerdings erst nach einer Flasche Goldbrand und dann auch direkt auf den Mund, wobei Geschlecht und Alter keine Rolle spielen. Pädophilie und Homosexualität existierten in der DDR nicht und so konnte man nach Lust und Laune auf alles, was sich darbot, seine nach Pfeffi schmeckenden Lippen drücken.

Die französischen Luftküsschen sind meinen Eltern äußerst suspekt, was man sofort an ihrer Kackstuhlhaltung sieht, in die sie bei dem Ritual verfallen. Ich entdecke bei ihnen die gleichen Anfängerfehler wie bei mir. Beginnt man rechts oder links? Gibt man sich dabei die Hand? Darf man die

Schultern beim Kuss mit dem Franzosen berühren? Berührt man überhaupt irgendwas? Breitet man vorher russisch die Arme aus und nennt laut den Namen des Gegenübers oder klopft man dem anderen schmetterlingsartig auf den Rücken wie bei den Italienern? Aber meine Eltern haben genug damit zu tun, die Franzmänner nicht triefend nass auf den Mund zu küssen, da ist alles andere zweitrangig.

Auf der Fahrt in die Innenstadt überschlägt sich die Gesellschaft vor fremdsprachiger Freude. Man wirft sich die wenigen gemeinsamen Vokabeln entgegen und versucht, diese in direkte Zusammenhänge zu bringen.
»Paris, mon amour!«, gestikuliert meine Mutter in die Runde und hängt noch ein »C'est bon, c'est bon« hintendran.
»Scheramong, Scheramong«, ergänzt mein Vater, während Mariannes Vater Paul versucht, aus den Worten »kaputt«, »Kartoffel« und »Hitler« einen sinnvollen Satz zu konstruieren.
Marianne wird in Sekunden klar, dass sie die nächsten anderthalb Tage zur Simultanübersetzungsanlage degradiert wird. Ich kann nichts übersetzen, denn trotz der Zeit mit einer Französin und meinen stümperhaften Lernversuchen an der Volkshochschule beherrsche ich maximal den Satz: »Ich komme aus Berlin, spreche aber kein Französisch«. Danach switche ich direkt auf Englisch und sonne mich in meiner zweisprachigen Überlegenheit, während der gemeine Franzose in seiner nationalen Ignoranz steckenbleibt.

Bevor wir uns dem weihnachtlichen Ritual widmen, möchten Mariannes Eltern uns noch ihr »Paris-in-zwanzisch-Minuten«-Programm vorführen. Bei dieser speziellen Tour kann man alles sehen, was die Stadt zu bieten hat, vorausgesetzt, man bringt genug Konzentrationsvermögen auf, um die kunstvollen Gebäude bei 70 km/h durch das Seitenfenster zu erfassen. Arc de Triomphe, Champs-Élysées, Place de la Concorde und das nach sieben Reiseminuten. Das Endziel Eiffelturm wird in neuer Rekordzeit von 17 Minuten erreicht. Wir halten, steigen aus und haben laut Mutter Audrey sogar etwas Zeit, unter großem »Oh« und »Aha« das Wahrzeichen der Stadt der Liebe zu bestaunen. Meine Mutter kauft einem illegalen Händler, der, wie Marianne immer so herrschaftlich sagt, »aus unseren Kolonien stammt«, ein paar Souvenirs ab. Drei kleine Eiffeltürmchen kosten einen Euro.

»Vierunzwanz'sch Stügg für acht Oiro«, rechnet mir meine Mama vor und wedelt mit den Dingern vor meinem Gesicht herum.

»Da gann isch dir wiedor een scheenen Advendsgalendor basdln fürs näschste Johr.«

Mein Vater, der sich als Missionar der deutschen Bauingenieurkunst sieht, untersucht in der Zwischenzeit die Nieten des Turms auf Mängel und weist die umherlaufenden Touristen darauf hin.

»Do se car, opp, opp«, ruft Paul, »Nexte stope Christmas.«

Meine Mutter wird von zwei Beamten aufgehalten, von denen einer ruppig an dem Bündel Eiffeltürmchen zerrt. Als sie verzweifelt zu uns rüberblickt, eilen wir ihr zu Hilfe. Ob sie sich im Klaren darüber sei, dass der Straßenhandel mit Souvenirs verboten ist, will der Polizist wissen, und ob man in Rumänien auch einfach auf der Straße handeln könne, ohne Steuern zu bezahlen. Unser Einwand, dass wir aus einem Wirtschaftswunderland stammten und hier seien, um die deutsch-französische Weihnachtskultur zu zelebrieren, wird ignoriert. Meine Mutter erhält einen Platzverweis. Wir dürfen gehen, die Türmchen müssen bleiben.

»Nicht schlecht, Mama, Hausverbot am Eiffelturm, das muss man erst mal schaffen«, beglückwünsche ich meine Mutter.
»Wo is der Negor, dem isch die Dingor abgegooft hab, isch will meine Monedn zurügg«, ruft meine Mutter, während ich sie zum Auto zerre und verzweifelt versuche, ihr den Mund zuzuhalten.
»Afrigaaner«, bemüht sich mein Vater vergeblich um Political Correctness.
»Das sind Franzosen und keine Afrikaner, ob du es glaubst oder nicht«, lege ich nach. »Und unabhängig davon, dass Afrika kein Land ist, hat die Hautfarbe nichts mit der Nationalität zu tun.«
Die ignorante Wortwahl der 60er-Jahre meiner beiden Entstehungshelfer verschafft ihnen eine volle Breitseite dicker Minuspunkte bei der französischen Gastgeberschaft. Audrey und Paul flüstern während der Fahrt. Ich verstehe nichts, bis auf ein-, zweimal »Hitler«, und halte meinen Eltern mal wieder den Vortrag über die Aufgabe der wissenschaftlichen Rassenlehre im Jahr 1970 und das damit überholte Vokabular.

Wir treffen im Einfamilienhaus der Rameaux ein und mein Vater beginnt umgehend mit der Untersuchung der Bauweise. Er reibt mit den Fingern über die Tapete, dann über das Treppengeländer, abschließend schüttelt er den Kopf und lacht. Wir verstauen die Koffer und gehen uns umziehen. Mariannes Vater hat bereits den ganzen Vormittag über das Essen vorbereitet und meint, dass er nur noch alles in den Ofen schieben müsse und dass wir die Bescherung ja vor dem Essen machen könnten, falls es uns nichts ausmachen würde. Mir ist die Reihenfolge egal. Meine Eltern sind eh zu unweihnachtlich, um protokollarische Ansprüche zu stellen – je eher die Bescherung vorüber ist, desto besser, denn ehrlich gesagt habe ich etwas Angst davor.

Alle finden sich am dekorativ völlig überladenen Tisch ein. Die 20 Kerzen vor meinem Gesicht treiben mir den Schweiß ins Hemd. Der Weihnachtsbaum ist typisch französisch geschmückt. »Französisch geschmückt« bedeutet, dass vom Grün der Tannennadeln nur noch etwa zehn Prozent sichtbar sind – mehr ist nicht erlaubt. Der Rest ist mit Kunststoffgirlanden und silberglänzenden Plastikfransen bedeckt. Darüber schlängelt sich eine Lichterkette, die zum Beat von Dean Martins *Jingle Bells* blinkt. Alle Anwesenden versuchen vergeblich, zwischen den Tellertürmen und den Unmengen von Gläsern und Besteck-Sets ihre Hände abzulegen. Gescheitert platzieren wir sie im Schoß und sehen dadurch aus wie kleine Kinder – bereit für die Bescherung.

»Isch würd dann ma anfang«, sagt meine Mutter und überreicht Audrey ein mittelgroßes und augenscheinlich schweres Päckchen.
»C'est bon«, kommentiert sie grinsend den ungläubigen Blick, mit dem Mariannes Mutter eine Einliterflasche Klosterfrau Melissengeist auspackt.
»Is it a drink?«, fragt Audrey.
»And for Einreim«, sagt meine Mutter, »Was heeßtn ›einreim‹ off Französ'sch? Üborsetz doch e ma!«, fordert sie mich auf.
Ich halte mir die Hände vors Gesicht.
»Ja, übersetz doch mal«, fügt Marianne in Anspielung auf meine mangelnde Motivation, diese schöne, aber dennoch äußerst schwierige Sprache zu erlernen, hinzu.

Ich setze ein künstliches Grinsen auf und gebe Marianne schnell mein Geschenk. Ein Gutschein für ein romantisches Wochenende in einer süßen Pension in Prag. Dieses schöne Präsent habe ich für sage und schreibe 149 statt 349 Euro bei Groupon ergattert. Sie freut sich in ihrer diesbezüglichen Unwissenheit ebenso sehr, wie ich mich über die Ersparnis, und ist für einen Moment besänftigt. Der positive Eindruck, den ich damit hinterlasse, ist allerdings nur von kurzer Dauer und wird durch ein unangenehmes Gefühl ersetzt, als uns die französischen Eltern einen Gutschein für ein romantisches Wochenende in einem süßen Vier-Sterne-Spa in Marbella, Segeltörn inklusive, überreichen.

»Prag ist auch schön«, sagt Marianne und gibt mir einen Kuss auf die Wange, nachdem sie vor Freude über das Geschenk ihrer Eltern zweimal laut gekreischt hat.

Paul bekommt von meinen Eltern ein Buch. Als es ausgepackt ist, erschrecken sich Beschenkte und Schenker, die einen, weil sie sich nun endgültig sicher sind, dass meine Eltern Verrückte seien, die anderen, weil der Einwickelgehilfe der Buchhandlung ihnen das falsche Werk eingepackt hat. »PHP 5-Programmierung für Profis« steht in großen Buchstaben auf dem Cover.

»Ohr nee, das is nich das rischt'sche Buch. Eischentlisch sollde das eens übor Gemüsegärden sein«, meint meine Mutter.

Ich stelle mir vor, wie ein pickliger Nerd in einer Nerd-Weihnachtsrunde versucht, sich über ein Gemüsegartenbuch zu freuen.

»Das ist schon klar, dass das nicht das richtige Buch ist, Mama. Das ist ja auch auf Deutsch«, sage ich die Augen verdrehend.

»Das Gardenbuch is och off Deutsch, die hamm doch bei Garstadt geene französ'schn Büschor«, ergänzt sie.
Meine Eltern überreichen mir ein kleines, quadratisches Päckchen, nehmen mir aber etwas die Überraschung, indem sie mir bereits beim Auspacken mitteilen, dass es Alfons Zitterbacke nun endlich auch auf CD gäbe. An der Hülle hängt ein kleines Eiffeltürmchen, das meine Mutter ihren Angaben zufolge im gleichen Ort ihres Körpers vor der Polizei versteckt hat, wie 1988 die 300 Westmark für Opas Beerdigung. Außerdem klebt an der CD-Hülle noch eine große, graue Stahlniete. Ich schaue zu meinem Vater und verzerre mein Gesicht in schrecklicher Vermutung.
»So viel zum französ'schn Ingenieur Eiffel. Das Ding war überhaubt nich rischt'sch zusammgenieded.«

Ich bitte Gott um ein Wurmloch, das alles verschlingt. Es wechseln noch ein sächsisches Wörterbuch, ein Kaviarbesteck aus dem 19. Jahrhundert, eine Flasche Pfeffi sowie eine CD Frank Schöbels, dem meiner Mutter nach ostdeutschen Pendant zu Gainsbourg, den Besitzer. Alle bleiben ruhig und lassen diese Farce über sich ergehen. Die Schock- und Enttäuschungsschwelle ist bereits so hoch, dass man schon einen abgetrennten Finger überreichen müsste, um die aufgesetzte Freundlichkeit zu erschüttern.

Endlich werden die ersten kulinarischen Köstlichkeiten serviert. Foie gras auf Lebkuchen, Austern von der Île d'Oléron und kleine Blätterteigpasteten mit Kräuterbutter-Häubchen. Das Gesicht meiner Mutter spricht Bände. Keine Nudeln mit Tomatensoße weit und breit und auch sonst nichts Essbares bis auf die kleinen Blätterteig-Dinger, von denen sie sich ein gutes Dutzend in den Rachen wirft. Paul warnt meine

Mutter in seiner subtil-höflichen Art vor dem hohen Knoblauchgehalt der Häppchen, mit dem Hintergedanken, so an ihren Gerechtigkeitssinn bezüglich der Essensverteilung zu appellieren. Vergeblich. Es wäre effektiver gewesen, ihr mitzuteilen, dass sich in den kleinen Teigbecherchen, neben der Kräuterbutter und dem Knoblauch, auch eine obdachlose Schnecke befindet. Andererseits sorgt das Unterschlagen der für eine schwierige Esserin so essenziellen Information bei mir für kaum zu bändigendes Amüsement.

Mein Vater hingegen funktioniert da völlig anders. Nachdem er sich zwei dicke Scheiben der Gänsestopfleber für 30 Euro pro 100 Gramm mit dem Hinweis genehmigt hat, dass er die Kombination aus Kuchen und Leberwurst sehr komisch fände, schlürft er sechs Austern hinterher und überführt die kleinen Schalenweichtiere damit ohne Zögern in die ostdeutsche Nahrungskette. Bei den Schneckenpasteten liegt meine Mutter klar vorne und verschlingt, nach bereits leicht ironischer Aufforderung durch Mariannes Mutter, sich doch auch noch die letzte zu nehmen, diese in einem Biss.

Nächster Gang: Chapon de Bresse. Paul philosophiert über die Aufzucht und Fütterung der edlen Tiere und weist auf einen Nebenteller, auf dem ein abgetrennter Kopf sowie die zwei für den Hahn so typischen blauen Beine die Echtheit des überteuerten Gockels bezeugen sollen. Ekel und Genuss liegen bei Franzosen sehr nah beieinander. Paul beginnt zu tranchieren, meine Mutter stochert in der grauen Pampe auf ihrem Teller herum, die ich für sie als Maronencreme identifiziere. Diese Maronencreme mit ausgelöstem Hähnchenfleisch und etwas Baguette, begleitet von einem 2005er Bordeaux, lässt mein französisch-assimiliertes Ich auf Wolke sieben schweben.

Meine Eltern, die, wenn es um Wein geht, eher die Philosophie »Der Rode von Aldi is och nich schlescht« vertreten, entdecken den Bordeaux für sich und zwingen Paul zum regelmäßigen Entkorken. Es ist ihm sogar etwas Spaß dabei anzusehen, ist er doch trotz der ungewöhnlichen Gäste ein typisch französischer Gastgeber. Höflich, aufmerksam und ständig nachschenkend. Langsam, aber sicher haben die Weinmengen Einfluss auf Stimmung und Harmonie am Tisch. Beim Käsegang sind bereits alle beschickert. Marianne, die nach drei Gläsern Rotwein so betrunken ist wie andere nach einer ganzen Flasche, beschließt, die Übersetzungsarbeit belastungsbedingt einzustellen.
Dass diese Entscheidung der Kommunikation am Tisch keinen Abbruch tut, wird spätestens dann klar, als meine Mutter die erste Runde Brüderschaftstrinken auf Pastis-Basis einläutet. Endlich kann sie die so lange unterdrückte Kusskultur des Ostens an den Franzmann weitergeben und drückt ihre nach Anis schmeckenden Lippen auf die der Gallier. Man duzt sich. Mein Vater kriecht zwischen den Stühlen herum und widmet sich dem wackelnden Tisch. Eine weitere Runde Pastis für alle. Ich hasse dieses Zeug. Marianne ist mit dem Glas in der Hand am Tisch eingeschlafen.

Als mich meine Mutter auffordert, eine noch originale DDR-Abfüllung des »Blauen Würgers« aus dem Koffer zu holen, befällt mich die dunkle Ahnung, dass das hier kein gutes Ende nehmen kann. Auf dem Weg zurück ins Wohnzimmer genehmige ich mir selbst einen Schluck aus der Flasche, um die Peinlichkeitsdifferenz zu den Eltern auszugleichen. Diese Dosis stellt sich allerdings als zu niedrig eingeschätzt heraus. Der Fremdschämlevel ist im kritischen Bereich.

Paul hat seine Gitarre hervorgekramt und versucht volltrunken, die beiden sich in den Armen liegenden Damen bei ihrer zweistimmig-zweisprachigen Version von *Oh Tannenbaum* beziehungsweise *Mon beau sapin* zu begleiten. Mein Vater befindet sich noch unter dem Tisch und verlangt lautstark lallend und sich permanent wiederholend nach Schleifpapier. Ich untermale die musikalische Darbietung durch unrhythmisches Klatschen, Marianne durch alkoholisiertes Schnarchen. Einen doppelten »Blauen Würger« für jeden. Bei dem Versuch, zu erklären, warum sie die Flasche ein Vierteljahrhundert für diesen Moment aufgehoben hat, versagt meiner Mutter das Sprachvermögen. Paul, beeindruckt vom Alter des Destillates politisch unkorrekter Herkunft, gießt sich nach. Wer kann, trinkt noch einen. Mein Vater dreht den Tisch auf den Kopf, um die Beine nun auf unterschiedliche Länge zu untersuchen. Dass er dabei vergessen hat, das Geschirr vorher abzuräumen oder Marianne zu wecken, stört bis auf Marianne kaum jemanden. Paul freut sich sichtlich darüber, die Schnapsflaschen gerade noch so gerettet zu haben, und Mutter Audrey fordert meinen Vater zum Brüderschaftstrinken auf und will wissen, wo er denn die ganze Zeit gewesen sei. Der Brüderschaftskuss der beiden scheint grenzwertig, dauert er doch ganze 30 Sekunden. Marianne schreit mich an und beginnt zu heulen. Darauf einen »Blauen Würger«. Als Paul versucht, mich mit einer Umarmung zu trösten, übergebe ich mich in die Zimmerpalme und verliere den letzten Rest meiner Wahrnehmungsfähigkeit.

Ich liege auf einem Kofferkuli und meine Mutter schiebt mich durch den Flughafen Richtung Wartehalle, wo mein Vater lang gestreckt drei Ledersessel belegt. Mir ist schlecht.

»Wie bin ich hierhergekommen und wo ist Marianne?«, frage ich meine Mutter.
»Sie is bei ihrn Eldorn gebliebm und hat gesachd, dass se nachdengn muss.«
»Nachdenken? Worüber denn?«
»Sie hat gesachd, dass se sisch übor ä baar Dinge glar wern muss, besonders übor die Sache mit dem Gleid von ihrer Muddor von gestern Amd und dem Deewachnrenn. Und ob das alles so wäre, wie se sisch das vorstelld. Mach dir geen Gobb, die wirds'sch schon wiedor eingrieschn.«

Welches Kleid? Teewagenrennen? Hä? Mir fehlen der komplette Rest des Festes sowie der halbe Folgetag. Ich rufe Marianne auf dem Handy an, aber sie hat ihr Telefon ausgeschaltet. Ich versuche, meine spärlichen Erinnerungen mit den Schilderungen meiner Mutter sinnvoll zu kombinieren, und komme letztendlich zu dem Schluss, dass Weihnachten große Scheiße ist, und mir wird klar, wie tief ich in besagter nun sitze. Schweigend warten wir drei auf das Boarding. Als der Flieger abhebt, sehe ich im Augenwinkel, wie der Eiffelturm in Zeitlupe in sich zusammenbricht, und schlafe ein.

Doktor Marianne

Marianne beschwert sich ebenso regelmäßig über meinen Alkoholkonsum, wie dieser aus den Fugen gerät. Es ist keinesfalls so, dass ich wöchentlich versucht bin, die Realität zu verlassen, aber je mehr Freunde man um sich sammelt, desto häufiger feiert man Geburtstage, Hochzeiten, Scheidungen und manchmal sogar eine Promotion. Zur Menge dieser alkoholischen Festivitäten trägt Marianne, selbst wenn sie anderes behauptet, einen nicht unerheblichen Anteil bei, schließlich hat sie mit der Einbringung ihrer Freunde die Anzahl meiner Besäufnisse quasi verdoppelt. Zugegeben, habe auch ich im Gegenzug mit der Integrierung von Marianne in meinen Bekanntenkreis die Zahl ihrer gesellschaftlichen Verpflichtungen erhöht.

Aber man darf nicht vergessen, dass sie als Französin eben eine andere Trinkkultur hat. Französischen Frauen der gehobenen Gesellschaftsschicht ist es nämlich gemäß traditioneller Benimmregel untersagt, Weinflaschen zu berühren beziehungsweise sich selbst das Glas zu füllen. Und trotz der Errungenschaften der Emanzipation und der Tatsache, dass das Wort »Feminismus« sogar aus dem Französischen abgeleitet ist, hält sich meine Freundin an diese krude Gesellschaftsregel. Da muss sie sich nicht wundern, wenn sie nicht betrunken wird, denn das Letzte, was einem in Berlin begegnet, sind höfliche Umgangsformen, ganz zu schweigen von derart fremden und überholten. Wenn nicht wenigstens mir ab und zu einfiele, dass Marianne – die sogar ihre Großeltern siezt – dieser Versailler Etikette entsprungen ist, würde sie zumindest in Deutschland jämmerlich verdursten.

»Es wäre gut, wenn du disch 'eute nischt total betrinken würdest. Isch sage nur: Weihnachten«, bittet mich Marianne.
»Jetzt kommst du wieder mit Weihnachten. Ich kann nichts dafür. Dein Vater hat mir permanent Pastis eingegossen. Außerdem habe ich mich schon mindestens tausendmal dafür entschuldigt.«
»Als du ins Bett gekommen bist, 'attest du ein Kleid meiner Mutter an!«, sagt Marianne laut. »Entschuldigung ist gut, aber passiert ist es trotzdem.«
»Das Kleid hing im Bad und gesehen hat mich damit auch keiner.«
»Isch 'abe disch gesehen. 'eute feiern wir meine Promotion. Das ist mein Abend und isch wünsche mir von dir, dass du nischt schon wieder betrunken bist.«
»Wieso schon wieder? Du trinkst doch jeden Tag Alkohol zum Essen.«
»Isch trinke Wein. Das ist was völlisch anderes. Man kann doch nischt essen ohne Wein! Wie sagt man auf Deutsch? Du vergleischst Äpfel mit Pflaumen.«
Während ich den hellen Anzug anziehe, versuche ich die französische Auslegung allgemeiner Alkoholiker-Logik zu verinnerlichen.
»Warum ziehst du den 'ässlischen Anzug an und nischt den dunkelblauen?«
»Weil man auf dem hier die Katzenhaare nicht sehen kann. Wenn du es schaffst, die Haare auf dem dunklen Anzug in zehn Minuten so auszurichten, dass sie aussehen wie Nadelstreifen, ziehe ich ihn gerne an.«

Marianne schnappt sich eine Fusselrolle und verschwindet im Schlafzimmer. Ich bin doch kein Trinker. Ich passe mich nur den örtlichen Gepflogenheiten an und in Berlin ist es eben üblich, auch mal einen Dienstag zu einem Samstag zu machen. Schließlich sind viele Club-Betreiber auch darauf aus, den Anteil der easyJet-Wochenendtouristen an ihren guten Veranstaltungen durch Verlegung ebendieser auf Wochentage niedrig zu halten. Selbstverständlich werde ich mich heute sehr zurücknehmen, schließlich ist mir bewusst, wie hart Marianne für diesen Tag gearbeitet hat und was er ihr und sie mir bedeutet. Man promoviert schließlich nicht alle Tage und jemand wie ich schon gleich gar nicht. Meine Eltern haben sich zu DDR-Zeiten vehement dagegen gewehrt, in die Partei einzutreten, und mir damit den Zugang zur Bildungselite verbaut. Zumindest klingt dieser Selbstbetrug in meinen Ohren äußerst plausibel – solange ich ignoriere, dass ich mein Abitur eigentlich nach der Wende gemacht habe.

Auf der Party im NBI Club bekommt man ein schönes Bild des aktuellen Berlins. Das Hipstertum, eine einst unbedeutende Randerscheinung, hat seinen Weg in die Mitte der Gesellschaft gefunden und provoziert mit permanenten Angriffen auf das ästhetische Empfinden. Wir leben in der Ära der Hässlichkeit. Menschen, die es vor wenigen Jahren noch schwer hatten, sich sozial zu behaupten, finden nun nicht nur offene Türen, sie selbst sind die Türsteher am Eingang zu vermeintlicher Coolness geworden. Der Dresscode der Veranstaltung ist geprägt von Leggings in absurden Farben, Bob-Frisuren, Vollbärten, Leinenrucksäckchen, 80er-Jahre-Turnschuhen, Hornbrillen, Stirnbändchen, Undercuts, Tattoos, Indoor-Schals und Strickjacken mit Lederbesatz an den Ellbogen unter einem Plastikanorak in einer der Grundfarben – und all das an nur einer einzigen Person. Nach der Wende habe ich den Mist schnellstmöglich aus meinem Kleiderschrank verbannt, heute laufen alle wieder so rum, als lebten wir in einer Planwirtschaft des allgemeinen Mangels. Ich fühle mich wie ein Auslaufmodell des guten Geschmacks, während Marianne in die Polonaise der Schäbigkeit eintaucht, um sich mit Wangenküsschen zu ihrem Doktortitel beglückwünschen zu lassen. Ich trotte hinterher und gebe mein bestes Lächeln, bis ich endlich die Bar erreiche.

»Hallo, was darf es sein? Zum Kontingent gehören Weißwein, Rotwein, Sekt, Hugo und Mate. Alles andere kostet 2,50 Euro«, begrüßt mich ein Typ, der seine Haare trägt, als sei er Schüler einer Napola. Seinen Schnurrbart hat er wie Kaiser Wilhelm II. nach oben gezwirbelt.
»Ich hätte gerne ein Bier und ein Glas Rotwein.«
»Bier ist aber extra. Alkoholfrei oder normal?«
»Alkoholfrei?«, frage ich entgeistert. »Ähm, warte mal. Ja, gib mir mal so ein Alkoholfreies. Ich probiere das mal. Kostet das dann auch 2,50 Euro?«
»Ja. Kannst auch 'ne Mate nehmen, die kostet heute nix.«
»Nee, lass mal, ich weiß nicht, ob mein Organismus diesen Schock der Moderne vertragen würde.«

Als er sich am Kühlschrank bückt, sehe ich erst, dass er kurze Hosen und Flipflops trägt, obwohl hier in Berlin-Mitte weit und breit kein Strand in der Nähe ist. Die Szene hat ihren Reiz für mich verloren, die musikalische Bandbreite ist einer elektronischen Monotonie gewichen und die kosmopolitischen Besucher scheinen mehr auf der Suche nach vergänglichen Trends als nach fremder Kultur und geistiger Bereicherung zu sein. Irgendwie fühle ich mich hier nicht mehr wohl. Gott sei Dank verfüge ich über ausreichend Talent, um mich selbst zu belügen, und so schmecke ich gar nicht den Unterschied zu einem normalen Bier. Als ich Marianne das Glas Wein bringe, unterhält sie sich gerade mit einem grauhaarigen Rastafari um die fünfzig im Roberto-Cavalli-Anzug.

»Ah, das ist mein Freund Benjamin Kindervatter. Das ist 'err Professor Bodenstedt, der Direktor des Instituts für Politikwissenschaft an der Uni Leipzisch«, stellt mich Marianne vor.
»Guten Abend, Herr Professor, bei mir kam es leider nicht zur Promotion, meine Eltern waren nicht in der Partei«, witzle ich, woraufhin mir Marianne einen komischen Blick zuwirft.
Der weiße Wischmob im hautengen Anzug runzelt die Stirn und hakt nach: »In welcher Partei?«
»Na, der SED.«
Der Professor lacht. Marianne entspannt sich.
»Haha, nein, also ich musste die Hürde des Opportunismus nicht nehmen, um zu studieren. Ich komme eigentlich aus Lübeck und bin erst seit letztem Jahr in Leipzig. Schöne Stadt übrigens. Ich habe gerade mit Ihrer Freundin über die freie Stelle an unserer Fakultät gesprochen.«
Marianne zuckt zusammen, anscheinend hat Herr Professor Dreadlock etwas ausgeplappert, was sie mir unter vier Augen erzählen wollte. Will Marianne in Leipzig arbeiten? Ich bin sprachlos und schockiert, versuche aber, mir nichts anmerken zu lassen.
»Ja ... Leipzig ... ich weiß. Schöne Stadt. Ich bin dort geboren«, fasle ich.
Lübecks Antwort auf Bob Marley will meine glückliche und

bequeme Beziehung durch einen Wahnsinn aus Pendelei und Skype-Telefonaten ersetzen. Marianne legt ihren Arm um mich. Oder will sie, dass wir gemeinsam aus Berlin weggehen? Ihr Blick lässt die Vermutung in mir reifen, dass die Erwähnung der freien Stelle durch den komischen Vogel bereits ein konkretes Jobangebot ist.
»Ich bin doch nicht mit meinen Eltern über Ungarn abgehauen, um dann wieder in den Osten zu ziehen«, bricht es aus mir heraus.
Professor Bodenstedt spitzt die Lippen, als ob er zu einem Pfiff ansetzen würde, und nippt verlegen an seiner Rhabarberschorle.
»Das war 1989! Außerdem wohnen wir jetzt doch auch im Osten«, argumentiert Marianne.
»Ja, in Ost-Berlin. Das ist doch was ganz anderes. Berlin ist eine Insel.«

Der Professor dreht sich unauffällig weg. Marianne, die noch nie nennenswerte Schritte in die deutsche Provinz außerhalb des S-Bahn-Rings gesetzt hat, kann da natürlich nicht mitreden. Für sie gibt es keinen ersichtlichen Unterschied zwischen Leipzig und Berlin oder Dessau und Kassel. Ich spiele die beleidigte Leberwurst, bis wir wieder zu Hause ankommen.
»Willst du nischt mal drüber nachdenken, ob du nischt auch langsam einen Ortswechsel brauchst? Leipzisch ist nischt weit weg und es muss ja auch nischt für immer sein«, sagt Marianne. »Wenn es uns nischt gefällt, gehen wir wieder. Ich würde Berlin auch vermissen, aber es ist eine große Chance für misch. Ich kann nischt wie du überall arbeiten. Man verliert die beste'enden Dinge ja nischt, man bekommt neue dazu.«

Wenn ich Marianne so reden höre, habe ich das Gefühl, sie wäre zehn Jahre älter als ich und nicht umgekehrt. Die Mischung aus Euphorie und Traurigkeit in ihrem Blick löst alle Gegenargumente in Luft auf. Wenn ich hier wenigstens eine berufliche Existenz hätte. Aber die Medienbranche in der Hauptstadt ist nicht gerade der Wellnessbereich des deutschen Arbeitsmarktes und meine persönliche Karriere ist eher eine Verhöhnung der Begrifflichkeit als eine Definition. Zumindest lachen immer alle, wenn ich über meine joblichen Zukunftsperspektiven spreche. Mir ist klar, dass es Momente gibt, in denen Bequemlichkeit und Eigennutz fehl am Platz sind, und vielleicht ist das hier gerade so einer.

Marianne legt ihren Kopf auf meine Schulter und flüstert: »Weißt du noch, als wir uns auf dem Berg getroffen ’aben? Wer ’ätte damals gedacht, dass isch so lange in Deutschland mit einem Mann bleibe, der noch nie in seinem Leben Mimolette gegessen ’at. Wir waren beide mutisch genug für dieses Abenteuer und vielleischt sind wir es auch für ein neues. Außerdem würden deine Eltern sisch bestimmt freuen, wenn wir in ihrer Nähe wohnen.«
»Eigentlich wollte ich meinen Eltern nicht erzählen, dass wir nach Leipzig ziehen. Nachher müssen wir dort jedes Wochenende Kaffee trinken.«
»Wie meinst du das?«
»Ich habe mal gelesen, dass man den Nachsendeantrag auf bis zu anderthalb Jahre verlängern kann. Das merken die überhaupt nicht, dass wir umgezogen sind. Das einzig Blöde ist nur die Festnetznummer. Hey, vielleicht könnten wir den Nachmieter bitten, die Telefonate meiner Eltern anzunehmen und mit ›Ich rufe zurück‹ abzuwimmeln. Oder ich frage mal, ob man die Anrufe umleiten kann.«

»Nein, isch meine, wie meinst du das mit ›nach Leipzisch ziehen‹?«, fragt sie mich mit einem Lächeln. »Du sagtest gerade, dass wir nach Leipzisch ziehen, oder nischt?«
Ich blicke in Mariannes wunderschönes Gesicht und mir ist klar, dass ich wieder im Angesicht des Todes auf diesen Berg in der Schweiz steigen würde, um mit ihr den Mimolette-Käse zu essen, der wie Hundescheiße in der Sommersonne gestunken hat.
»Du hast recht, manchmal muss man alte Dinge loslassen, um neue in die Hand nehmen zu können. Lass uns packen, Mademoiselle Marianne!«
»Du meinst wohl, Dr. Marianne.«

Aberwitziger Roadtrip

Ria will weg! Gerade noch rechtzeitig erreicht sie den roten VW-Bus, mit dem ihre Oma Charlotte und deren Freundinnen Frau Lensker, Margot und Hildie zu einer Reise quer durch Europa aufbrechen. Jede der Damen hat noch etwas zu erledigen – und Hindernisse lassen nicht lange auf sich warten: Altersstarrsinn und zahlreiche Pinkelpausen. Man ist halt nicht mehr die Jüngste! Es folgen Stolpersteine, Umwege und Signore Verdi.

Ein Roman über das Leben, das Alter, unerfüllte Träume und Freundschaft durch dick und dünn.

Jenny Bünnig
Es muss dunkel sein, damit man die Sterne sieht

ISBN 978-3-7844-3344-8